Junichiro Tanizaki • Der Schlüssel

Junichiro Tanizaki
Der Schlüssel

Roman

Aus dem Japanischen von
Sachiko Yatsushiro und Gerhard Knauss

KEIN & ABER
POCKET

Die Originalausgabe erschien 1956 unter dem Titel
Kagi im Verlag Chuo Koron Sha, Tokio

Covergestaltung: Maurice Ettlin
Coverbild: Kenji Toma
Satz: Fotosatz Amann, Memmingen
Druck und Bindung: CPI books GmbH, Leck
ISBN 978-3-0369-6159-0
Auch als eBook erhältlich

www.keinundaber.ch

Am Neujahrstag

Ich habe mich entschlossen, von nun an alle Dinge, auch solche, die ich noch nie meinen Tagebüchern anvertraut habe, aufzuzeichnen. Bisher habe ich nie etwas Genaueres über mein intimes Leben, über das Verhältnis zwischen meiner Frau und mir, in meinem Tagebuch berichtet. Ich fürchtete nämlich, dass meine Frau dieses Tagebuch lesen und ungehalten darüber werden könnte, aber von diesem neuen Jahr an habe ich mir vorgenommen, mich nicht mehr vor ihrem Zorn zu fürchten. Ich bin sicher, dass meine Frau weiß, wo und in welchem Fach meines Arbeitszimmers dieses Tagebuch liegt.

In eine der ältesten Familien Kyotos hineingeboren und in einer feudalen Atmosphäre erzogen, legt sie noch heute in vielem Wert auf überkommene Moral und neigt sogar dazu, stolz darauf zu sein. Ich glaube zwar kaum, dass sie heimlich in den Tagebüchern ihres Mannes schnüffelt, aber ganz sicher bin ich nicht; es gibt genug Gründe, darüber im Zweifel zu sein. Könnte sie wohl der Versuchung widerstehen, die Geheimnisse ihres Mannes zu erfahren, nachdem ich meinen bisherigen Gewohnheiten untreu geworden bin und vieles über unser Eheleben aufschreibe? Sie ist verschlossen und liebt das Geheime. Oft gibt sie sich den

Anschein, nicht zu wissen, obwohl sie weiß, und sie verrät nicht leicht, was in ihrem Herzen vorgeht. Obendrein glaubte sie, dies gehöre zur Tugend einer ehrsamen Frau; das aber ist das Schlimmste.

Den Schlüssel zu dem Fach, in dem ich mein Tagebuch aufbewahre, habe ich an einem bestimmten Ort versteckt, und von Zeit zu Zeit ändere ich das Versteck; aber bei ihrer Neugier und Findigkeit könnte es wohl sein, dass sie alle meine bisherigen Schlüsselgeheimnisse kennt. Natürlich könnte sie es sich leichter machen, wenn sie sich einfach einen Dietrich beschaffte.

Ich habe zwar oben geschrieben, »von diesem neuen Jahr an habe ich mir vorgenommen, mich nicht mehr davor zu fürchten, dass sie alles liest«, aber wenn ich es recht bedenke, habe ich mich eigentlich nie sehr davor gefürchtet. Ich war sogar immer darauf gefasst, dass sie es läse, und im Stillen habe ich es beinahe gewünscht. Dann ist aber zu fragen, warum ich das Fach abschließe und den Schlüssel verstecke.

Vielleicht liegt der Grund darin, dass es mir Freude macht, ihre Neugier zu reizen. Oh, wie sie es liebt, den Dingen heimlich nachzugehen! Ließe ich nun mein Tagebuch da liegen, wo sie es leicht lesen könnte, würde sie denken, »dieses Tagebuch hat er geschrieben, damit ich es lesen soll«, und würde ihm keinen Glauben schenken. Nicht nur dies würde sie denken, sondern obendrein »das wirkliche Tagebuch muss irgendwo anders versteckt sein«.

Meine Ikuko, mein geliebtes Weib, du siehst, ich weiß nicht, ob du dieses Tagebuch wirklich liest. Es hat keinen Zweck, dich zu fragen, denn du würdest nur antworten, »ich lese doch nicht heimlich das Tagebuch eines anderen

Menschen«. Aber wenn du es doch liest, glaube mir, was ich hier niederschreibe, ist kein fingiertes Tagebuch und enthält nichts Unwahres.

Nichts mehr davon, denn einem misstrauischen Menschen zureden, heißt sein Misstrauen vertiefen. Würdest du dir aber die Mühe machen, diese Seiten zu lesen, ginge dir von selbst auf, dass ihr Inhalt die lautere Wahrheit ist.

Selbstverständlich bin ich nicht gesonnen, nur bei den Dingen zu verweilen, die ihr gefallen werden. Es gibt auch Tatsachen, die ihr unangenehm sind, die ihren Ohren wehtun werden. Ihre Geheimnistuerei hat den Wunsch in mir wach werden lassen, dergleichen aufzuschreiben. Ob sie wohl glaubt, das sei sie ihrer Vornehmheit schuldig? Jedenfalls findet sie es sogar zwischen Eheleuten unanständig, sich über Schlafzimmerprobleme zu unterhalten, und wenn es mich einmal reizt, heikle Geschichten zu erzählen, hält sie sich die Ohren zu.

Diese vorgebliche »Sittsamkeit«, diese scheinheilige »Fraulichkeit«, diese gekünstelte »Vornehmheit« – sie sind an allem schuld. Zwanzig Jahre ist sie mit mir verheiratet und besitzt sogar eine heiratsfähige Tochter, und doch haben wir noch nie ein vertrautes Liebesgespräch geführt. Wir gehen zusammen zu Bett und verrichten schweigend unsere ehelichen Pflichten – aber kann man uns ernstlich ein Ehepaar nennen?

Ich schreibe dies nieder, weil ich es nicht mehr ertrage, nicht direkt mit ihr über die Intimitäten unseres Schlafzimmers sprechen zu können. Von nun an werde ich ohne Rücksicht darauf, ob sie es heimlich lesen wird, so schreiben, als spräche ich zu ihr.

Zunächst möchte ich nicht unterlassen zu sagen, dass ich sie von Herzen liebe. Ich habe das schon öfter geschrieben, es ist aber keine Phrase, mit der ich ihr schmeicheln will, und ich glaube, sie weiß das auch. Doch mein physisches Verlangen ist nun einmal nicht so stark wie das ihre, in diesem Punkt kann ich mich nicht mit ihr messen. Ich werde in diesem Jahr sechsundfünfzig (sie muss jetzt fünfundvierzig Jahre alt sein), und das ist noch kein Alter, um schwach zu werden; aber, ich weiß nicht, warum, in letzter Zeit strengt es mich sehr an. Ehrlich gesagt, wäre es für mich besser, wenn wir einmal in der Woche, sagen wir, einmal in zehn Tagen miteinander schliefen. Dagegen ist sie, obwohl skrofulös und herzschwach, in dieser Sache fast krankhaft stark. (Über dergleichen offen zu schreiben oder zu reden, verabscheut sie besonders.) Gerade dies aber verwirrt mich augenblicklich am meisten. Es bedrückt und bekümmert mich, dass ich die Pflichten eines guten Ehegatten nicht besser erfüllen kann; doch angenommen – ich sage nur »angenommen« – sie wird sicher sehr böse sein und sagen, »hältst du mich für ein so liederliches Frauenzimmer?« –, angenommen also, sie hielte Ausschau nach einem anderen Mann, um dem Mangel abzuhelfen, ich könnte es nie und nimmer ertragen. Allein die Vorstellung macht mich eifersüchtig. Außerdem scheint es mir auch aus Rücksicht auf ihre Gesundheit angebracht, dass sie ihre krankhaft starke Begierde zähmt … Was mir Sorgen macht, ist die Kraft … dass die Kraft meines Körpers von Jahr zu Jahr mehr dahinschwindet. In letzter Zeit bin ich jedes Mal sehr erschöpft, und an den folgenden Tagen fühle ich mich so matt und müde, dass ich außerstande bin, über wichtige Sachen nachzudenken.

… Würde man mich aber fragen, »bist du denn der Liebe mit ihr abgeneigt?«, so müsste ich es verneinen und das Gegenteil behaupten. Auf keinen Fall ist es so, dass nur der Begriff der ehelichen Pflicht mich treibt und meine Sinne schürt und dass ich ungern ihrem Begehren antworte. Ich weiß nicht, ob es ein großes Glück oder ein großes Unglück ist, aber ich liebe sie heiß und innig.

Hier muss ich wieder etwas enthüllen, das für sie tabu ist. Sie besitzt eine vorzügliche Eigenschaft, eine Eigenschaft, von der sie selbst keine Ahnung hat. Hätte ich nicht in der Vergangenheit andere Frauen gekannt, würde ich diesen Vorzug kaum bemerkt haben. Aber da ich in meinen jungen Jahren einiges erlebt habe, weiß ich, dass sie einen selten zarten Orgasmus besitzt, der sogar unter Frauen nicht oft zu finden ist. Hätte man sie in alter Zeit in ein Freudenviertel wie Shimabara verkauft, sie wäre sicher eine berühmte Kurtisane geworden, von den Männern umworben, von den Frauen beneidet. Sie hätte mit ihren Reizen jeden Kenner bezaubert, und die erfahrensten hätten nur nach ihr verlangt. (Vielleicht ist es besser, wenn sie dies nicht erfährt. Es könnte nur negative Folgen für mich haben … Würde sie sich denn darüber freuen, oder würde sie sich schämen? Oder würde es gar eine Beleidigung für sie sein? Wahrscheinlich wird sie so tun, als wäre sie sehr entrüstet, aber in ihrem Herzen wird sie einen gewissen Stolz kaum unterdrücken können.) Der bloße Gedanke an ihre Vorzüge macht mich eifersüchtig. Genösse nun ein anderer Mann als ich ihre Vorzüge, und meine Frau erführe dabei, dass ich dem vom Himmel geschenkten Glück nicht voll habe entsprechen können, was geschähe dann?

Der Gedanke beunruhigt mich. Ich fühle, dass ich im Unrecht bin, und ich verdamme mich selbst.

So versuche ich denn, mir auf jede erdenkliche Weise zu helfen und mich mit den verschiedensten Mitteln zu reizen. Zum Beispiel bitte ich sie, mich an der erregbarsten Stelle meines Körpers – und keine Lust ist aufreizender für mich, als wenn ich die Augen schließe und sie meine Lider küsst – zu berühren. Oder umgekehrt, ich reize sie an ihrem empfindlichsten Punkt: Sie liebt es, unter der Achselhöhle geküsst zu werden. Umso mehr schmerzt es mich, dass sie meinen Wünschen nur widerwillig nachgibt. Ihr missfallen solche »unnatürlichen Spiele«, und sie besteht darauf, uns auf die orthodoxe Methode zu beschränken. Wenn sie nur begreifen wollte, dass dieses Spiel für mich die notwendige Vorbereitung ist, um zum Eigentlichen zu gelangen! Davon will sie nichts wissen; sie beharrt auf ihrem »fraulichen Anstand« und weigert sich, dagegen zu verstoßen.

Obwohl sie weiß, dass ich ein Fußfetischist bin, und auch, dass sie ungewöhnlich wohlgeformte Füße besitzt (fast scheint es mir unmöglich, dass es die einer fünfundvierzigjährigen Frau sind), nein, vielmehr *weil* sie es weiß, vermeidet sie, mir ihre schönen Füße zu zeigen. Auch im heißesten Sommer trägt sie weiße Tabi-Socken. Wenn ich sie bitte, mir wenigstens zu erlauben, ihre Sohle zu küssen, so meint sie, »Ach, wie unfein, wie garstig! Du darfst mich da nicht berühren«, und nur ungern gewährt sie es mir. Dies und noch vieles andere hat dazu geführt, dass ich nicht mehr weiß, was ich tun soll …

Fast schäme ich mich, das neue Jahr mit solchen Klagen zu beginnen, aber wer weiß, ob es nicht zu etwas nütze ist.

Morgen Abend ist »Himehajime«. Meine Frau, die das »Orthodoxe« liebt, wird nicht versäumen, den altehrwürdigen Brauch so feierlich wie möglich zu begehen.

4. Januar

Heute ist etwas Merkwürdiges passiert. Seit Neujahr habe ich das Arbeitszimmer meines Mannes nicht mehr sauber gemacht, und ich wollte nun die Zeit, in der er spazieren ging, dazu benutzen. Vor dem Bücherschrank, wo die schmale Vase mit einer Narzisse steht, lag ein Schlüssel. Vielleicht hat es gar nichts zu bedeuten; aber ich kann mir kaum denken, dass er den Schlüssel dort gedankenlos liegen gelassen haben sollte. Er ist ein sehr vorsichtiger Mensch. Er führt schon jahrelang Tagebücher, doch ist es bis jetzt nie vorgekommen, dass er den Schlüssel dazu verloren hätte … Natürlich weiß ich schon lange, dass mein Mann Tagebücher schreibt und sie im Schubfach seines kleinen Schreibtisches verschlossen hält; den Schlüssel versteckt er zwischen allen möglichen Büchern, manchmal sogar unter dem Teppich. Aber ich weiß auch, was ich wissen darf und was nicht. Ich kenne das Schubfach des Tagebuches und das Versteck des Schlüssels. Dennoch habe ich das Tagebuch nie geöffnet und hineingeschaut. Mein Mann war schon immer sehr misstrauisch. Es bringt mich aber jedes Mal wieder auf, dass er nicht eher Ruhe hat, bis das Tagebuch sorgfältig verschlossen und der Schlüssel versteckt ist …

Warum hat er den Schlüssel nun gerade heute hier liegen lassen? Ist irgendetwas in seinem Herzen vorgegangen, und möchte er jetzt, dass ich sein Tagebuch lese? Ahnt er, dass ich seine Aufzeichnungen nicht lesen könnte, wenn er mich geradeheraus dazu auffordern würde? Meint er damit, »wenn du es lesen möchtest, lies es heimlich. Hier hast du den Schlüssel«?

Dann weiß er ja gar nicht, dass ich längst gemerkt habe, wo er den Schlüssel verborgen hält! Halt, nein! Er möchte vielleicht sagen, »ich gestatte dir im Stillen, dass du mein Tagebuch heimlich liest; ich erlaube es dir, aber ich tue so, als ob ich nichts davon wüsste«.

Ich weiß nicht, warum ich mir so viel Gedanken darüber mache. Denn wie dem auch sei, ich werde nicht hineinschauen. Ich habe mir selbst meine Grenzen gezogen, und darüber hinaus will ich nicht in seine Psyche eindringen. Wie ich anderen Leuten nicht zeige, was in meinem Herzen vorgeht, so mag ich auch nicht in den Herzensfalten der anderen wühlen. Wünschte er aber wirklich, dass ich sein Tagebuch lese, so wird wohl kaum alles wahr sein, was er schreibt, und sicher enthält es nicht nur Angenehmes für mich. Er mag ruhig tun und denken, was ihm beliebt; ich tue es auch. Um die Wahrheit zu sagen, auch ich führe seit Anfang dieses Jahres ein Tagebuch. Ein Mensch wie ich, der sich niemandem anvertrauen kann, soll wenigstens mit sich selber sprechen; doch werde ich niemals so ungeschickt sein und meinen Mann wissen lassen, dass ich mir ein Tagebuch zugelegt habe. Ich werde nur darin schreiben, wenn mein Mann nicht zu Hause ist, und ich werde es an einem Ort verstecken, wo er es niemals vermutet.

Ich habe es vor allem angefangen, weil es mir eine Überlegenheit ihm gegenüber gibt; denn ich weiß sogar, wo er sein Tagebuch verschließt, während er nicht einmal ahnt, dass ich ein Tagebuch führe.

Gestern Nacht hielten wir zusammen den Neujahrsritus ab … Ach, wie schäme ich mich, so etwas aufs Papier zu bringen! Hat mich mein seliger Vater nicht gelehrt, »Anstand ist, wie man sich benimmt, wenn man allein ist«? Wie traurig würde er sein, erführe er, was ich hier schreibe! Wie heruntergekommen ich bin …

Er scheint wie immer bis zur höchsten Lust gekommen zu sein; ich war wie immer unbefriedigt. Was danach kam, war unangenehm. Jedes Mal entschuldigt er sich und schämt sich seiner körperlichen Kraftlosigkeit, wirft mir dann aber vor, zu kalt zu ihm zu sein. Mit dem Wort »kalt« will er wohl sagen, ich sei ungewöhnlich ausdauernd auf diesem Gebiet, fast krankhaft stark, sodass er seine letzten Kräfte daran verbraucht. Meine Art, mich dabei zu geben, sei zu »pflichtgemäß«, zu routinemäßig und konventionell, immer nach »Schema F«, kurz, es gäbe bei uns keine Abwechslung. Ich sei doch auch in sonstigen Sachen viel weicher und hingebungsvoller. So passiv und zurückhaltend er mich aus dem täglichen Leben kenne, so anspruchsvoll und fordernd sei ich in dieser Beziehung, und trotzdem willfahre ich ihm nur immer in derselben Art und derselben Position …

Dennoch hat er meine stumme Aufforderung noch nie übersehen, er spürt sogleich auch die leiseste Regung meiner Wünsche und weiß sehr gut, was ich meine. Das mag allerdings seinen Grund darin haben, dass er immer in der Furcht vor meinem allzu häufigen Begehren lebt.

Ich sei nur auf meine Lust aus und im Übrigen gefühllos, sagt er. »Du hast mich nicht halb so lieb wie ich dich. Ich bin für dich nur ein Gebrauchsgegenstand – noch dazu ein sehr unvollkommener. Wenn du mich wahrhaftig liebtest, müsstest du viel leidenschaftlicher sein und allen meinen Wünschen aus freien Stücken willfahren. Wenn ich dich nicht vollkommen befriedigen kann, so liegt die halbe Schuld bei dir. Würdest du nur versuchen, meine Leidenschaft zu entfachen – ich wäre nicht so kraftlos. Du gibst dir keine Mühe, es uns gemeinsam vollbringen zu lassen.«

Ein verfressenes Geschöpf sei ich, das mit gefalteten Händen darauf wartet, dass ihm ein reich beladener Tisch hingesetzt wird. Ein kaltblütiges Tier sei ich, ein boshaftes Weib!

Ich kann verstehen, dass er mich so sieht. Ich bin von meinen altmodischen Eltern so erzogen worden. Eine Frau müsse stets passiv bleiben und dürfe nie und nimmer einem Manne gegenüber aggressiv werden. Ich kann nicht sagen, dass ich leidenschaftslos bin. Aber meine Leidenschaft ist von einer tiefen, versinkenden Art, nicht steil und heiß aufleuchtend. Wenn ich mich zwinge, sie auszudrücken, ist sie im Nu verflogen. Er hat meine Gefühle nicht begriffen. Es ist kein rotes Aufflammen, sondern ein langes bläuliches Weiß.

… Seit ich jetzt darüber nachdenke, kommen mir oft Zweifel, ob unsere Heirat nicht ein Irrtum war. Bestimmt ließe sich ein Mann finden, der besser zu mir passt, und das könnte er umgekehrt auch von mir sagen. Unser sexueller Geschmack ist zu verschieden. Ich heiratete in dieses Haus, wie meine Eltern mir befahlen, ohne mir selbst tiefere Gedanken darüber zu machen. Ich glaubte, dass eine Ehe eben so sei. Aber heute weiß ich, dass ich einen Mann habe, der im Erotischen nicht zu mir passt.

Nur der Gedanke, dass er der mir auserwählte Gatte ist, lässt mich ihn ertragen. Aber manchmal, wenn ich ihn ansehe, steigt, ich weiß nicht, warum, ein Widerwille in mir auf, dass mir übel wird. Diese Übelkeit hat nicht erst gestern und heute angefangen, nein, schon in der Hochzeitsnacht. Damals, als wir das Lager zum ersten Mal miteinander teilten, war sie schon da. Jahre sind vergangen seit jener Nacht auf der Hochzeitsreise, und doch ist die Erinnerung noch ganz klar. Ich lag schon im Bett. Er kam umständlich auf mich zu und nahm seine Brille ab. Da lief es mir kalt über den Rücken. Jeder Mensch, der ständig eine Brille trägt, sieht ein wenig merkwürdig aus, wenn er sie abnimmt. Sein Gesicht schien mir plötzlich ausgehöhlt und fahl wie das Gesicht einer Leiche. Er näherte sich mir und sah mir in die Augen, als wolle er mich durchbohren. Um mich zu wehren, erwiderte ich seinen Blick; aber als ich seinen Teint wahrnahm, der glatt wie Aluminium war, schauderte ich abermals. Am Tage hatte ich es nicht bemerkt, jetzt aber entdeckte ich unter seiner Nase und um seinen Mund herum den dunklen Hauch seines Bartes (er ist überhaupt sehr behaart), und davor war mir unheimlich. Vielleicht lag es daran, dass ich damals zum ersten Mal dem Gesicht eines Mannes so nahe war; doch jedes Mal, auch heute noch, schaudere ich, wenn ich sein Gesicht bei hellem Licht lange anschauen muss. Um ihn nicht die ganze Zeit vor mir zu haben, versuche ich meistens, die Nachttischlampe zu löschen, aber mein Mann liebt gerade bei diesen Gelegenheiten Helle. Er bemüht sich dann, meinen Körper in allen Einzelheiten genau zu betrachten. (Es geschieht zwar selten, dass ich seinem Wunsch bis zum Letzten willfahre, aber meine Beine zeige ich ihm, weil er mich gar zu sehr drängt.) Ich kenne keinen andern Mann außer meinem Gatten, doch möchte ich wissen, ob wohl alle Männer so zudringlich sind wie er. Ob sie wohl alle so widerlich klebrig an einem hängen und ihr unnötiges Spiel mit uns treiben?

7. Januar

Herr Kimura kam heute, um uns ein glückliches Neujahr zu wünschen. Ich hatte gerade angefangen, Faulkners *Die Freistatt* zu lesen, begrüßte ihn nur kurz und ging in meine Bibliothek. Herr Kimura unterhielt sich im Wohnzimmer mit meiner Frau und Toshiko. Dann wollten sie den Film *Sabrina* ansehen und gingen zusammen aus. Später kam Herr Kimura mit meiner Familie zurück, und wir aßen zusammen zu Abend und unterhielten uns bis etwa neun Uhr. Beim Essen tranken wir alle außer Toshiko ein wenig Cognac. In letzter Zeit scheint meine Frau dem Alkohol etwas mehr zuzusprechen. Ich war es, der ihr das Trinken beigebracht hat, aber sie konnte Alkohol wohl von Natur aus gut vertragen. Wenn man ihr nur flink nachschenkt, kann sie eine ganz schöne Menge trinken. Sie wird etwas berauscht, aber ihr Rausch bleibt latent. Er schlägt nicht nach außen, sondern verströmt in ihrem Innern. Sie kann ihn lange beherrschen, und viele Leute merken es kaum.

Heute Abend stieß Herr Kimura mit ihr an und redete ihr zu, und sie trank zweieinhalb große Sherrygläser. Meine Frau sah ein wenig blasser aus als gewöhnlich, sonst konnte man ihr nichts anmerken. Dagegen hatten Herr Kimura und ich rote Gesichter. Kimura ist kein starker Trinker. Er verträgt weniger als meine Frau. Übrigens war es wohl das erste Mal, dass meine Frau sich von einem anderen Mann Cognac reichen ließ.

Kimura gab zuerst Toshiko das Glas; doch die wehrte ab. »Ich mag nicht! Bitte schenken Sie Mama ein.« Ich habe schon lange gemerkt, dass Toshiko Herrn Kimura ausweicht. Aber ich glaube, sie hat wahrscheinlich auch gemerkt, dass Kimura mehr der Mutter als ihr seine Zuneigung zeigt. Ich hatte mir zuerst eingebildet, dass meine Eifersucht mich so denken ließ, und versuchte, diesen Gedanken zu unterdrücken. Es scheint jedoch, dass es sich wirklich so verhält. Wie ich sie kenne, ist meine Frau nicht besonders liebenswürdig zu Gästen. Vor allem von Herrenbesuchen ist sie nicht sehr angetan. Zu Kimura hingegen ist sie auffallend freundlich. Toshiko, meine Frau und ich, wir haben es noch nie offen erwähnt, aber wir sind uns wohl alle darüber einig, dass Kimura einem amerikanischen Filmstar ähnlich sieht, und ich wiederum weiß, dass meine Frau für einen amerikanischen Filmstar schwärmt. (Meine Frau hat es mir nie eingestanden, aber ich könnte schwören, dass sie die meisten Filme von ihm gesehen hat.) Wenn meine Frau sich Kimura näherte, so einfach deshalb, weil ich ihn als einen passenden Mann für Toshiko ausersehen habe und ihn gelegentlich in unsere Familie einlade und meiner Frau auch befahl, unauffällig ein Auge auf beide zu haben. Aber Toshiko ist anscheinend einer solchen Verbindung nicht sehr geneigt. Sie vermeidet jede Gelegenheit, mit Kimura allein zu sein, und wenn sie sich im Wohnzimmer unterhalten, versteht sie es immer, meine Frau hinzuzuziehen. Auch wenn sie ins Kino gehen, fordert sie ihre Mutter auf, sie zu begleiten.

»Es ist nicht richtig, dass du mitgehst. Lass sie doch alleine gehen!«, werfe ich ihr vor, aber sie ist anderer Auffassung und meint, dass sie als Mutter die Pflicht hätte, beide zu überwachen.

»Du bist zu altmodisch. Man muss den jungen Leuten trauen!«, argumentiere ich weiter.

»Ich denke ja auch so. Aber Toshiko will immer, dass ich mitgehe«, weicht sie aus.

Wenn es sich so verhält, dann hat Toshiko offenbar gemerkt, dass ihre Mutter Kimura geneigter ist als sie selbst, und sie versucht nun, die Bürde auf sich zu nehmen, zwischen Kimura und ihrer Mutter zu vermitteln. Ich halte es nicht für unmöglich, dass zwischen Toshiko und ihrer Mutter ein stillschweigendes Übereinkommen besteht. Zwar glaubt meine Frau, dass sie die beiden jungen Leute überwacht, aber in Wirklichkeit liebt sie Kimura, obgleich sie es noch nicht begriffen hat.

Gestern hatte ich einen Rausch. Ich glaube aber, er war noch viel betrunkener als ich. Er verführte mich wieder, seine Augenlider zu küssen, was er in letzter Zeit seltener tat. Von dem Cognac war ich doch ein wenig aus dem Geleise und folgte seinem Verlangen, ohne mir viel Gedanken zu machen. Es war auch nichts dabei und ganz richtig so, nur sah ich beim Küssen das, was ich nicht sehen sollte – nämlich sein Gesicht ohne Brille. Wann immer ich seine Lider küsse, schließe ich die Augen, aber gestern Abend hielt ich sie offen. Seine weiße Aluminiumhaut erschien vor meinen Pupillen so groß und nah wie in einem CinemaScope. Mir lief es kalt den Rücken hinunter. Ich fühlte, wie das Blut aus meinen Wangen wich. Es war nur gut, dass er die Brille gleich wieder aufsetzte, um wie immer meine Hände und meine Beine peinlich genau zu betrachten. Ich löschte schweigend die Nachttischlampe. Er streckte seinen Arm aus und versuchte, wieder Licht zu machen. Ich schob die Lampe weit weg.

»Ich bitte dich, lass mich dich nur noch einmal ansehen. Bitte, bitte!«, bettelte er und tastete im Dunkeln nach der Lampe, aber er fand sie nicht und gab es auf.

… Nach langer Zeit eine lange Umarmung …

Halb hasse ich ihn, und halb liebe ich ihn innig. Wir passen nicht zueinander, und doch kann ich keinen anderen Mann lieben. Ich lebe noch immer in den alten Vorstellungen von Ehrsamkeit, und meine Natur wehrt sich, dagegen zu sündigen. Seine zudringlichen Liebkosungen bringen mich in Verlegenheit. Aber wenn ich das auch einmal sagen muss, sehe ich doch auch sehr klar, dass er mich mit einer verzehrenden Leidenschaft liebt, und mein Gefühl sagt mir, dass ich es ihm mit Gleichem vergelten müsste.

Ach, wenn er doch nur ein wenig männlicher wäre, etwas stärker, etwas ausdauernder, wie einst in seinen jungen Jahren …

Wie kann es nur kommen, dass seine Kräfte darin so nachgelassen haben? … Seiner Ansicht nach freilich liegt es an mir. Ich sei zu sinnlich veranlagt, meint er. Er werde mitgerissen und verliere jedes Maß, und nun machten sich eben die Folgen bemerkbar. Eine Frau sei in dieser Beziehung unerschöpflich, »unsterblich«, wie er sagt. Sie werde ja auch nicht abgelenkt. Ein Mann hingegen brauche seinen Kopf, und geistige Arbeit mache sich gleich körperlich bemerkbar.

So beschämend es auch ist – dass ich so ausschweifend bin, liegt nun einmal in meiner Natur, und er sollte es verstehen und Mitgefühl haben. Und wenn er mich wirklich liebt, dann muss er mich auch glücklich machen können. Er sollte aber wissen, dass ich diese unnötigen Späße nicht mehr ertragen kann und dass solche Spielereien gar nichts nützen, ja, meine Stimmung nur zerstören. Ich bin eben sehr altmodisch und ziehe es vor, es tief im Innern des Hauses und im Dunkel meines eigenen Zimmers zu tun, hinter dicht verhängten Fenstern, den Körper in weiche Kissen vergraben, ohne sich gegenseitig ansehen zu müssen, und in aller Stille. Es ist ein großes Unglück, dass unser beider Empfinden in diesem Punkte so verschieden ist. Ach, fände sich doch noch ein Weg, auf dem unsere unseligen Leidenschaften zusammenführen.

Um halb fünf kam Kimura. Er brachte uns getrockneten Kaviar mit der Erklärung, er hätte ihn von zu Hause geschickt bekommen. Die drei unterhielten sich im Wohnzimmer wohl über eine Stunde, dann machte er Anstalten aufzubrechen. Ich ging nach unten und bat ihn, doch zum Essen zu bleiben. Er willigte gleich ein und sagte: »Das ist sehr liebenswürdig von Ihnen«, und setzte sich wieder. Da noch Zeit war bis zum Essen, ging ich wieder nach oben, während Toshiko das Mahl zubereitete und meine Frau im Wohnzimmer saß. Es gab nichts Besonderes, aber zu dem mitgebrachten Kaviar hatten wir etwas Wein, und außerdem gab es saure Karauschen, die meine Frau gestern auf dem Markt in Nishiki gekauft hatte. Danach gingen wir gleich zu Cognac über. Meine Frau liebt keine süßen Sachen und zieht etwas Saures und Scharfes vor wie viele Leute, die gern Cognac trinken, und saure Karauschen mag sie besonders gern. Ich schätze beides, süß und sauer, aber saure Karauschen mag ich nicht. Kein Mensch außer ihr isst in unserer Familie saure Karauschen. Kimura stammt aus Nagasaki und versteht daher etwas von getrocknetem Kaviar, »aber verschonen Sie mich bitte mit den Karauschen«, sagte auch er.

Kimura hatte bis jetzt nie Geschenke mitgebracht, aber heute rechnete er wohl damit, zum Abendessen eingeladen zu werden. Ich durchschaue ihn noch nicht ganz. Wer zieht ihn wohl mehr an, Toshiko oder Ikuko? Wenn ich Kimura wäre und die Wahl hätte, so würde ich mich für die Mutter entscheiden, obwohl sie die Ältere ist. Aber bei Kimura weiß ich es nicht. Er hat es doch wohl nur auf

Toshiko abgesehen. Da Toshiko ihm vorläufig nicht viele Hoffnungen macht, will er wahrscheinlich zuerst die Aufmerksamkeit der Mutter auf sich lenken, um dann durch die Mutter an die Tochter zu gelangen …

Wie dem auch sei, wichtig ist jetzt etwas anderes. Wie komme ich überhaupt in diese Situation? Was habe ich mir eigentlich gedacht, als ich heute Abend Kimura zum Bleiben aufforderte? Ich verstehe meine eigenen Gedankengänge nicht mehr (und meine Psychologie, ist sie nicht auch ein wenig merkwürdig?). Wenn ich es jetzt bedenke, spürte ich schon am ersten Abend eine leise Regung von Eifersucht auf Kimura …

Nein, eigentlich hat es schon Ende letzten Jahres angefangen. Auf der anderen Seite muss ich allerdings zugeben, dass ich diese Eifersucht im Stillen genieße. Ich bin so veranlagt, dass ich meine Leidenschaft am stärksten spüre, wenn ich eifersüchtig bin. Denn meine Eifersucht ist in einem bestimmten Sinn durchaus nützlich, sie verhilft mir endlich zu einer lang ersehnten Lust. An diesem Abend ist es mir nämlich dank meiner Eifersucht auf Kimura zum ersten Mal gelungen, meine Frau zu beglücken. So bin ich zu der Erkenntnis gekommen, dass die Existenz Kimuras als Stachel für mich unbedingt notwendig ist. Aber ich möchte meine Frau darauf aufmerksam machen (eigentlich brauchte es gar nicht gesagt zu werden), dass dabei gewisse Grenzen nicht überschritten werden dürfen. Was für mich ein Reizmittel ist, soll für sie nicht zur Verführung werden. Meine Frau darf sehr weit gehen. Je gewagter, desto besser. Ich wünschte, ich könnte bis zum Irrsinn eifersüchtig werden. Sie könnte sogar so weit gehen, dass ich sie verdächtigen würde, sie habe die Grenze schon überschritten. Ich möchte sogar, dass sie so weit geht. Denn wenn ich mich auch zu solchen Worten versteige, ich weiß doch, sie wird nie und nimmer über das Maß des Erlaubten hinausgehen. Wird sie aber einsehen, dass es auch um ihr Glück geht, wenn sie sich bemüht, mich in dieser Weise zu reizen?

17. Januar

Kimura hat uns seitdem nicht mehr besucht, aber meine Frau und ich haben uns daran gewöhnt, jeden Abend unseren Cognac zu trinken. Sie kann in der Tat viel vertragen. Ich liebe es, sie anzuschauen, wenn sie mit kaltem, bleichem Gesicht sich anstrengt, ihren Rausch zu verbergen. Ihr Benehmen dabei wirkt sehr verführerisch auf mich. Auch verfolge ich bei diesen Trinkereien insgeheim ein bestimmtes Ziel: sie einmal vollkommen bewusstlos zu machen; aber bis jetzt geht sie nicht darauf ein. Je mehr sie trinkt, desto berechnender wird sie. Sie lässt mich nicht einmal ihre Füße berühren und verlangt nur, was sie haben möchte. Und was sie haben möchte, ist allein ihre eigene Lust.

20. Januar

Heute litt ich den ganzen Tag unter Kopfweh. Es wäre übertrieben, von einem Kater zu sprechen, aber gestern habe ich wohl doch zu viel getrunken … Kimura macht sich Sorgen, dass die Menge an Cognac, die ich zu mir nehme, immer größer wird. In letzter Zeit gibt er mir nicht mehr als zwei Gläser. »Lassen Sie es doch bitte genug damit sein!«, sagt er und spielt den Maßvollen. Mein Mann dagegen möchte mir jeden Abend noch mehr zu trinken geben. Er will meine Gewohnheit, keinen Korb zu geben, wenn mir etwas angeboten wird, ausnutzen und möchte mir so viel wie möglich einflößen. Doch hier sollte jetzt die Grenze sein. Bis jetzt habe ich mich noch nie vor meinem Mann und Kimura gehenlassen, aber es ist eine Qual, den Cognac zu trinken und den Rausch zu unterdrücken. (Und weil ich den Rausch unterdrücke, wird mir nachher so elend.) Ich sollte vorsichtiger sein.

28. Januar

Heute Abend wurde meine Frau plötzlich ohnmächtig. Kimura besuchte uns, und wir saßen alle vier beim Essen, als sie plötzlich aufstand und verschwand. Als sie sich nach einer Weile nicht wieder sehen ließ, sagte Kimura: »Ob ihr wohl etwas passiert ist?«

Wenn meine Frau etwas zu viel Cognac getrunken hat, geht sie manchmal zur Toilette und versteckt sich dort. Ich beruhigte die anderen also. »Sie wird schon wieder zurückkommen.« Aber weil es gar zu lange dauerte, fing Kimura an, sich Sorgen zu machen, und ging sie suchen. Nach einer Weile rief er vom Korridor aus nach Toshiko. »Fräulein Toshiko, bitte kommen Sie schnell! Das ist doch seltsam …« Auch Toshiko hatte sich heute Abend im geeigneten Augenblick auf ihr Zimmer zurückgezogen.

»Es ist mir rätselhaft, aber ich kann Ihre verehrte Frau Mutter nirgends finden«, sagte er. Als Toshiko nach ihr suchte, saß sie im Bad, den Kopf auf den Armen, die auf dem Rand des Bades lagen, und schlief.

»Mama, du kannst doch hier nicht schlafen.«

»Herr Professor, es ist entsetzlich«, keuchte Kimura und kam zu mir gerannt. Ich ging zu ihr ins Bad und fühlte ihren Puls. Er war sehr schwach und schlug nur 40 in der Minute. Ich zog meinen Kimono aus, nahm sie auf den Arm und legte sie auf den Holzfußboden im Badezimmer. Toshiko umhüllte den nackten Körper ihrer Mutter mit einem großen Frottiertuch und ging ins Schlafzimmer, um das Bett zurechtzumachen. Kimura wusste nicht, was er anfangen sollte, und ging fortwährend ein und aus. Als ich ihn bat: »Wollen Sie mir ein bisschen behilflich sein?«, beruhigte er sich und stellte sich neben mich.

»Wir müssen sie schnell trocken reiben, sonst erkältet sie sich«, sagte ich, und mit vereinten Kräften trockneten wir ihren nassen Körper ab. Auch bei so unerwarteten Begebenheiten versäumte ich nicht, Kimura zu benutzen. Ich überließ Kimura den Oberkörper, während ich den unteren Teil abtrocknete. Sogar zwischen den Zehen rieb ich und befahl Kimura: »Bitte vergessen Sie doch auch die

Stellen zwischen ihren Fingern nicht!« Während der ganzen Zeit beobachtete ich aufmerksam Kimuras Mienen und Bewegungen. Toshiko kam mit dem Nachthemd in der Hand herein, aber als sie sah, dass Kimura mithalf, sagte sie schnell: »Ich will nur noch die Wärmflasche heiß machen«, und verschwand gleich wieder. Kimura und ich zogen ihr das Nachthemd an und trugen sie ins Schlafzimmer.

»Vielleicht ist es Hirnanämie. Ist es nicht besser, Sie lassen es mit der Wärmflasche?«, meinte Kimura. Zu dritt berieten wir uns, ob wir einen Arzt rufen sollten. Dr. Kodama konnten wir leicht erreichen, doch war es mir eigentlich nicht sehr recht, dass er meine Frau in diesem Zustand sah. Da ihr Puls zusehends schwächer wurde, ließen wir ihn schließlich trotzdem kommen. Es war wirklich Hirnanämie.

»Sie brauchen sich keine Sorgen zu machen«, beruhigte er und gab ihr eine Vitakampferinjektion. Als Dr. Kodama uns verließ, war es zwei Uhr nachts …

29. Januar

Gestern habe ich wieder zu viel getrunken, mir wurde schlecht, und ich ging zur Toilette. Bis dahin kann ich mich erinnern. Ich versuchte, mich in das Badezimmer zu schleppen, und wurde bewusstlos; auch daran erinnere ich mich noch vage. Was dann geschah, weiß ich nicht mehr. Es scheint mich jemand ins Schlafzimmer gebracht zu haben, denn als ich heute Morgen aufwachte, schlief ich im Bett. Der Kopf ist mir schwer, und ich habe keine Energie aufzustehen. Kaum wache ich auf, so fange ich wieder an zu träumen und döse den ganzen Tag. Gegen Abend ging es mir ein wenig besser, und ich schreibe dies mit Mühe nieder. Ich will jetzt gleich weiterschlafen.

29. Januar

… Meine Frau scheint gestern Abend nicht mehr aufgewacht zu sein. Gestern Abend, als Kimura und ich sie vom Badezimmer ins Schlafzimmer brachten, war es zwölf Uhr. Um halb eins riefen wir Dr. Kodama an, und gegen zwei Uhr morgens ist er wieder nach Hause gegangen. Als ich den Arzt bis zur Haustür geleitete, sah ich draußen einen wunderbaren sternenbesäten Himmel; die Kälte schnitt die Dunkelheit in Stücke. Unser Ofen im Schlafzimmer genügt für die Nacht, wenn wir vor dem Schlafengehen eine Handvoll Kohlen aufschütten. Aber Kimura meinte besorgt: »Es wird wohl besser sein, wenn Sie es ihr heute Nacht schön warm machen.« Ich bat ihn also, den Ofen ordentlich zu füllen.

»Dann wünsche ich gute Besserung und empfehle mich für heute«, sagte er, doch fiel mir ein, dass ich Kimura nicht um diese Zeit nach Hause schicken konnte.

»Bitte, bleiben Sie über Nacht. Wir können Ihnen ein Lager im Wohnzimmer herrichten.«

»Das ist nicht nötig. Ich wohne ja ganz in Ihrer Nähe«,

versicherte er. Er stand noch immer unschlüssig im Schlafzimmer herum, nachdem er mir geholfen hatte, meine Frau auf das Bett zu legen. (Im Zimmer war kein Stuhl, sodass er zwischen dem Bett meiner Frau und mir stand.) Toshiko war gleich aus dem Zimmer gegangen, als Kimura hereinkam, und hatte sich nicht mehr sehen lassen. Kimura wollte unter allen Umständen nach Hause und wiederholte immer wieder: »Nein, es macht mir wirklich nichts aus.« Schließlich machte er sich einfach auf den Weg, und, ehrlich gesagt, es war mir auch lieber, dass er nach Hause ging. In meinem Kopf reifte nämlich ein Plan, und insgeheim wünschte ich nicht, dass er blieb.

Nachdem Kimura sich verabschiedet hatte und ich sicher war, dass Toshiko nicht mehr kommen würde, näherte ich mich dem Bett meiner Frau und fühlte ihren Puls. Die Injektion hatte anscheinend geholfen, denn ihr Herzschlag war wieder normal. Sie sah aus, als befände sie sich in tiefem, sehr tiefem Schlummer.

Wenn ich ihren Charakter bedenke, bin ich zwar nicht sicher, ob sie wirklich schlief oder sich nur den Anschein gab. Dieser Punkt ist sehr fragwürdig. Aber auch wenn sie sich nur schlafend stellte, würde es mich nicht stören.

Ich schürte erst einmal die Glut im Ofen, bis er ein leises Summen hören ließ. Dann nahm ich langsam das schwarze Tuch zur Seite, das auf dem Schirm des Lampenständers lag. Es wurde heller im Zimmer. Behutsam ergriff ich die Lampe und schob sie neben das Bett meiner Frau, sodass ihr ganzer Körper in den hellen Lichtkegel kam. Ich fühlte, wie mein Herz plötzlich wild schlug. »Heute Nacht kann ich endlich meinen so lange gehegten Traum verwirklichen.« Diese Aussicht versetzte mich in ungekannte Erregung. Mit leisen Schritten stahl ich mich aus dem Schlafzimmer, ging hinauf in meine Bibliothek, drehte das Blaulicht aus der Schreibtischlampe und stieg wieder ins Schlafzimmer hinab. Dort legte ich die Birne auf den Nachttisch. Ich hatte mir meinen Plan bis in alle Einzelheiten ausgedacht und nur auf eine Gelegenheit gewartet, ihn auszuführen. Dies war auch der Grund gewesen, warum ich die Schreibtischlampe vor einiger Zeit mit einem Blaulicht versehen ließ. Toshiko und auch meine Frau waren dagegen gewesen, etwas an der Lampe zu verändern, weil es Störungen im Radio verursachte, aber ich setzte meinen Willen durch mit der Begründung, dass meine Augen schwach würden und diese Lampe sich zum Lesen besser eigne. Das ist zwar nicht unwahr, aber der eigentliche Grund war meine Begierde, den vollkommen nackten Körper meiner Frau dem blauen Licht der neuen Lampe auszusetzen. Diesen Wunschtraum trug ich in mir, seit ich von dieser Erfindung gehört hatte.

Alles ging wie geplant. Ich nahm ihr das Nachtgewand vom Leib, das Toshiko ihr übergezogen hatte, und legte sie splitternackt auf den Rücken unter das strahlende Licht der Lampe. Dann fing ich an, sie gründlich zu studieren, wie man eine Landkarte studiert. Gebannt und fassungslos starrte ich eine Weile auf den makellosen, wunderbaren nackten Körper. Seltsam? Töricht? Aber sah ich nicht zum ersten Mal ungehindert den entblößten Leib meiner Frau in seiner Ohnmacht vor mir! Die meisten »Ehemänner« kennen den Körper ihrer Frauen bis in alle Einzelheiten, bis in die Falten der Fußsohlen. Sie aber hat sich meinem Blick stets entzogen. Nur in zärtlichen Situationen habe ich sie wenigstens teilweise gesehen, aber es blieb eben bei

Partien des Oberkörpers, und nie hat sie mir mehr gezeigt, als bei unserem Vorhaben unvermeidlich war. Ich habe sie jedoch gestreichelt und betastet und mir die Formen vorgestellt und daraus geschlossen, dass sie einen aufreizend schönen Körper haben muss. Deshalb war dieses Verlangen in mir, ihn unterm hellen Licht der Lampe zu sehen, und nun stellt sich heraus, dass meine Erwartungen nicht nur nicht enttäuscht, nein, dass meine Hoffnungen weit übertroffen wurden. Ich habe zum ersten Mal seit unserer Hochzeit den nackten Körper, den ganzen Körper meiner Frau gesehen. Besonders die unteren Partien habe ich bis ins Verborgenste, bis ins kleinste Detail durchforscht. Sie ist 1907 geboren, müsste jetzt also fünfundvierzig sein; ihre Proportionen sind denen der Europäerinnen noch nicht so ähnlich wie heute bei unseren jungen Leuten. Als sie jung war, hat sie begeistert Tennis gespielt und ist auch viel geschwommen, und für eine Japanerin in ihrem Alter hat sie selten wohlgeformte Gliedmaßen. Aber ihre Brust ist flach, der Busen und die Hüften sind nicht genügend entwickelt. Ihre Beine sind wohl lang, doch sind die Unterschenkel, so leid es mir tut, nicht ganz ebenmäßig gewachsen. Sie hat einen unverkennbaren Ansatz zu O-Beinen. Ein schmerzlicher Mangel ist auch, dass ihre Fesseln nicht schlank genug sind. Wenn ich meinen Geschmack allerdings genau prüfe, schätze ich die europäischen Beine gar nicht so sehr, sondern habe eine angeborene Schwäche für die typisch japanischen, die immer leicht gebogen sind und mich an meine Mutter oder meine Tanten erinnern. Die stockgeraden Beine der Europäerinnen sind mir zu uninteressant. Ich bin auch kein großer Freund allzu üppiger Hüften und Busen. Was ich liebe, sind die nur zart angedeuteten Formen des Körpers, wie die schöne Amidastatue vom Chuguji-Tempel sie zeigt.

Die Formen und Maße ihres Körpers – ich spreche jetzt von meiner Frau – waren ungefähr so, wie ich sie mir vorgestellt hatte. Die Reinheit ihres Teints jedoch übertraf meine kühnsten Vorstellungen. Fast jeder Mensch hat irgendwo, mehr oder weniger versteckt, einen Makel – eine Warze oder einen blauen oder einen braunen Flecken; ihre Haut aber war frei von jeglicher Unreinheit, so eingehend ich auch suchte. Ich drehte sie um und untersuchte ihren Rücken und die unberührten Flächen zwischen ihren Beinen. Auf den sanften Rundungen ihrer Hüfte fand ich das Fleisch so weiß und rein, wie ich es noch nie gesehen hatte. Wie ist es nur möglich, dass ihr Körper bis zum fünfundvierzigsten Lebensjahr – und inzwischen hat sie ja ein Mädchen zur Welt gebracht – so makellos geblieben ist?

In unserem jahrzehntelangen Eheleben war es mir nur erlaubt, ihren Körper im Dunkeln abzutasten, aber wenn ich es nun recht bedenke, bedaure ich es nicht. Es war im Gegenteil mein Glück, dass ich ihren wunderbaren Leib bis heute nicht mit meinen eigenen Augen gesehen habe. Ein Mann, dem es vergönnt ist, nach zwanzig Jahren des Zusammenlebens durch die Reize seiner Frau so überrascht zu werden, fängt sozusagen eine neue Ehe an. Die Zeit ersten ehelichen Überdrusses liegt längst hinter uns, und dennoch vermag ich meine Frau mit doppelter Leidenschaft und mehr als je zuvor zu lieben …

Ich legte meine Frau wieder auf den Rücken und betrachtete sie, nein, verschlang sie mit meinen Augen. Aber in Wirklichkeit konnte ich nur seufzen. Da kam mir jäh die Gewissheit, dass meine Frau gar nicht richtig schlief, sondern sich nur schlafend stellte. Zuerst schlief sie wirklich, doch unterdessen musste sie aufgewacht sein. Als sie erwachte, war sie sicher so erschrocken und sprachlos und schämte sich so sehr, dass sie sich schlafend stellte. So wenigstens dachte ich. Oder vielleicht war es doch nicht so? Vielleicht täuschte ich mich und bildete mir alles nur ein? Aber ich wollte unbedingt an diese fantastische Vorstellung glauben. Es war mir eine Lust zu denken, dass dieser Frauenleib, dessen verwirrende Formen eine wundervolle weiße Haut umspannte, sich so gefügig bewegte, wie ich nur wollte, willenlos wie eine Leiche, dass sie aber in Wirklichkeit lebendig war und bei vollem Bewusstsein.

Doch angenommen, sie hätte wirklich geschlafen, wäre es dann nicht besser, in meinem Tagebuch nichts zu erwähnen von den Torheiten, die ich angestellt habe, den Lastern, in denen ich geschwelgt habe? Ich zweifle nicht daran, dass meine Frau dieses Tagebuch liest, und wenn ich so etwas schreibe, hört sie vielleicht auf zu trinken … Nein, das wird sie wohl nicht tun, denn damit bewiese sie ja nur, dass sie mein Tagebuch heimlich gelesen hat. Wenn sie es jedoch nicht liest, wird sie auch nicht erfahren, was ich mit ihr gemacht habe, als sie bewusstlos war.

Von drei Uhr nachts an betrachtete ich über eine Stunde lang unverwandt den Körper meiner Frau, und ein nicht nachlassender Strom der Freude durchflutete mich. Selbstverständlich saß ich nicht die ganze Zeit da und starrte sie bloß an. Vor allem wollte ich feststellen, falls sie sich wirklich schlafend stellte, wie lange sie es durchzuhalten vermochte. Auch wollte ich sie in Verlegenheit bringen, indem ich sie in eine Lage versetzte, die ihr nichts übrigließ, als sich schlafend zu stellen.

Ich habe alles, was sie sonst so verabscheut – sie nennt es zudringlich, schändlich, schmachvoll –, all die nicht alltäglichen Stellungen, eine nach der anderen ausprobiert, weil es eine so seltene Gelegenheit war. Ich habe auch meinen so lange verhohlenen Wunsch, ihre schönen Füße nach Herzenslust mit der Zunge zu küssen, verwirklicht … und noch »alle möglichen Sachen« gemacht (um einmal ihre konventionelle Redeweise nachzuahmen), Sachen, die ich mich schäme, hier aufzuzeichnen. Ich habe sogar gewagt, ihr Geschlecht zu küssen, um zu sehen, wie sie darauf reagieren würde, aber aus Unvorsichtigkeit fiel meine Brille auf ihren Bauch. In diesem Augenblick erschrak sie offensichtlich, sie schien zu erwachen und blinzelte. Auch ich erschrak und löschte bestürzt die Lampe, sodass es für einige Minuten im Zimmer dunkel war. Ich goss aus dem Kessel, der auf dem Ofen stand, ein wenig heißes Wasser in eine Tasse, tat noch ein wenig kaltes dazu, um es abzukühlen, und gab es ihr mit einer Tablette Luminal und einer halben Tablette Tokadoronox zu trinken. Ich flößte es ihr mit meinem Munde ein, und sie trank es wie im Traum. (So kleine Mengen haben oft gar keine Wirkung. Ich gab es ihr auch nicht, um sie einzuschläfern, sondern nur, weil ich dachte, es käme ihr gelegen als Vorwand, sich weiterhin schlafend zu stellen.)

Als sie wieder in tiefem Schlaf zu liegen schien, machte ich mich an die Ausführung meiner letzten Absicht. Nach der ausgiebigen Vorbereitung waren meine Sinne bis zum Äußersten gereizt; und in dieser ungewöhnlichen Erregung, die ja nicht wie sonst durch das Verhalten meiner

Frau gestört wurde, war ich heute Nacht zu einem Beischlaf imstande, der mich selbst erstaunte. Ich war nicht mehr der kümmerliche Schwächling, ich fühlte wieder das Fließen und Pulsen meiner eigenen Kraft. Endlich war ich nicht mehr das entnervte Ich so vieler Nächte. Ich spürte mich selbst und brachte es fertig, ihre Wollust im Sturm zu besiegen.

Ich dachte, das Beste wäre, sie öfters betrunken zu machen. Meine Frau schien nicht ganz aus ihrem Schlaf zu erwachen, obwohl ich es nicht bei einem Mal hatte bewenden lassen. Sie war noch immer in einem Dämmerzustand. Manchmal öffnete sie halb die Lider, aber die Augen blickten ins Leere. Auch die Hände bewegte sie langsam, aber es war die Bewegung einer Schlafwandelnden. Dabei schien es mir, als ob sie meine Brust, meinen Hals und mein Gesicht und auch meine Arme und Beine abtasten wollte. Noch nie hatte sie meinen Körper angeschaut oder berührt, wenn es nicht unbedingt nötig war. Eben um diese Zeit hörte ich aus ihrem Munde die Worte »Kimura, du«, als ob sie Fantasierte. Sehr leise, wie ein Hauch und nur einmal sagte sie es, aber es war gewiss, dass sie es sagte. Noch heute frage ich mich, ob sie wirklich Fantasierte oder die Fantasierende nur spielte, um diesen Namen zu nennen …

Ich kann es verschieden auslegen. Entweder hat sie geträumt, in Kimuras Armen zu liegen – oder sie stellte sich träumend, um mich wissen zu lassen, dass sie denkt: »Ach, ich wünschte, es wäre so mit Kimura!«, – oder sie meint damit: »Wenn du mich trunken machst und ein solches Spiel mit mir treibst, werde ich immer träumen, in Kimuras Armen zu liegen. Höre also mit diesem Unsinn auf« …

Um acht Uhr abends ein Anruf von Kimura. »Wie geht es Ihrer Gattin? Ich wollte Sie besuchen, aber …«

»Machen Sie sich bitte keine Sorgen, sie hat keine Schmerzen, sie schläft noch. Ich habe ihr ein Schlafmittel gegeben«, antwortete ich …

30. Januar

Ich liege noch immer im Bett. Es ist halb zehn, Montagmorgen, und er muss vor einer Stunde schon zur Universität gegangen sein. Bevor er wegging, kam er noch einmal leise in das Schlafzimmer, und als ich mich schlafend stellte, beobachtete er eine Weile meinen Atem, küsste meine Füße und ging hinaus. Unsere alte Dienerin kam herein und fragte: »Wie geht es Ihnen denn?« Ich ließ mir ein heiß ausgewrungenes Frottiertuch bringen, wusch mich am Toilettentisch im Zimmer und bestellte Milch und ein weich gekochtes Ei. Auf meine Frage: »Wo ist Toshiko?«, antwortete sie nebenbei: »Sie ist auf ihrem Zimmer.« Doch Toshiko ließ sich nicht sehen.

Ich fühlte mich bedeutend besser und könnte, wenn ich unbedingt wollte, aufstehen, aber ich ziehe es vor, im Bett zu bleiben und die Geschehnisse der letzten Nacht wieder wachzurufen. Dann will ich meine Aufzeichnungen in mein Tagebuch machen.

Wie kam es nur, dass ich gestern Abend so schnell betrunken wurde? Vielleicht lag es an meinem Zustand, vielleicht aber auch am Cognac. Es war nicht der übliche

Dreisternige wie bisher. Er hatte am selben Tag eine neue Flasche gekauft, einen Courvoisier, »The Brandy of Napoleon«, wie auf der Flasche vielsagend geschrieben stand. Da er mir gleich vorzüglich schmeckte, habe ich ihm wohl zu sehr zugesprochen. Ich habe es nicht gern, wenn Leute mich betrunken sehen, und verstecke mich deshalb in der Toilette, wenn es mir übel wird. So war es auch gestern Abend. Wie viel Minuten mag ich wohl in der Toilette gewesen sein? Fünfzehn, zwanzig? Oder waren es gar an die zwei Stunden?

Doch gab es während dieser Zeit nichts, was mich gequält hätte. Nein, schmerzhaft war es nicht, eher wie ein süßes Gefühl der Verzückung, das langsam durch mich hin sickerte. Obwohl ich nicht bei vollem Bewusstsein war, habe ich nicht alles vergessen. Einige abgerissene Bilder sind mir noch in Erinnerung. Ich war schon zu lange in dem engen Raum, und meine Glieder fingen an zu schmerzen. Ich weiß nicht mehr, wann es war, mein Kopf fiel vornüber auf den Fußboden, während meine Hände sich auf das Porzellan stützten. Ich spürte den Geruch der Toilette am ganzen Körper und schleppte mich wohl in das Badezimmer hinüber, um mich zu entkleiden und zu waschen, vielleicht auch um die anderen zu meiden, da meine Füße noch sehr unsicher waren.

Ich sage »wohl« und »vielleicht«, weil mir dies alles nur wie ein unsagbar ferner Traum in Erinnerung geblieben ist – und was danach geschah, dessen kann ich mich nicht mehr entsinnen. (Auf meinem rechten Oberarm klebt ein Heftpflaster. Man hat mir wohl eine Spritze gegeben. Ob es Dr. Kodama war?) Als ich erwachte, fand ich mich in meinem Bett, und das Licht des frühen Tages erhellte schon schwach das Schlafzimmer. Das muss gestern früh um sechs Uhr gewesen sein. Ich war noch immer nicht bei klarem Bewusstsein. Mein Kopf tat mir zum Zerspringen weh. Während mein Körper schwer und dumpf in die Tiefe zu sinken schien, wechselten Erwachen und Einschlummern. Nein, genauer gesagt, ich muss gestern in einem Zustand zwischen Schlafen und Wachen dahingedämmert sein. Das Blut klopfte mir schmerzhaft in den Augenhöhlen, aber ich ging in einer wundersamen Welt aus und ein, die mich den Schmerz vergessen ließ. Sicher war es ein Traum, aber gibt es denn so klare und deutliche, so wahrheitsgetreue Träume?

Ich fühlte mich plötzlich auf dem Höhepunkt eines heftigen körperlichen Schmerzes und einer noch nie erfahrenen Lust, und der Schmerz war nichts anderes als die Lust. Ich stemmte mich gegen den Schmerz und streckte mich nach der Lust, und beides war in der einen Bewegung, die von den in Verzückung sich krümmenden Zehenspitzen bis zu dem wilden Pochen in meinen Schläfen durch mich hindurchging.

Ich wunderte mich, so ganz ausgefüllt und durchdrungen zu sein. Bei ihm erlebte ich das nur selten. Aber bald erkannte ich, dass nicht er es war, der über mir lag, sondern Kimura. Hatte Herr Kimura hier übernachtet, um mich zu pflegen? Wo war dann aber er? Und war es denn zulässig, was ich tat? Verstieß es nicht gegen alle Moral?

Ich hatte weder Zeit noch Besinnung, diesen Gedanken zu Ende zu denken, so traumhaft schön war mein Entzücken. Er hat mir bis heute noch kein einziges Mal solche Wonne bereitet. Zwanzig Jahre lang, seit Beginn unserer Ehe, hat er mich so schnöde abgefertigt, so lau, so gleichgültig, stets blieb ein schlechter Nachgeschmack. Oh, wie anders ist die eigentliche Liebe. Ich habe bis jetzt nicht gewusst, was das ist.

So also ist sie, und Kimura hat sie mich gelehrt ... Obgleich ich so dachte, wusste ich, dass dies nur die eine Hälfte meines Traumes war. Der Mann, der mich in den Armen hielt, schien Kimura zu sein. Ja, wahrhaftig, so empfand ich den Traum. In Wirklichkeit war es aber doch mein Mann; in seinen Armen liegend, hielt ich ihn für Kimura – dies wusste ich auch. Wahrscheinlich hat mein Mann mich gestern vom Bad aus ins Schlafzimmer geschafft und ins Bett gelegt. Und da ich bewusstlos war, hat er die Situation ausgenutzt und mit meinem Körper sein Spiel getrieben. Für einen kurzen Augenblick kam ich zur Besinnung, weil er mich allzu heftig unter der Achsel küsste. Er war so vertieft in sein Tun, dass ihm seine Brille herunterfiel. Ich spürte etwas Kaltes auf meinem Leib und wachte auf. Ich fand mich splitternackt auf dem Rücken liegen, unter dem bläulichen Lichtkreis der Stehlampe und der neuen Schreibtischlampe mit den Leuchtröhren. Es kann auch sein, dass die Leuchtröhren zu hell waren und mich aufgeweckt haben. Ich war noch ganz benommen, merkte aber, wie mein Mann nach seiner Brille tastete und sie wieder aufsetzte. Er begann nicht wieder, mich unter der Achsel zu küssen, sondern kletterte umständlich wie ein Käfer auf meinen Leib. Instinktiv zuckte ich zusammen, und ich erinnere mich, wie ich hastig nach dem Leintuch griff, um mich zu bedecken. Auch er merkte, dass ich im Aufwachen war, und breitete die Wolldecke und das Federbett über mich, löschte die Leuchtröhren und warf ein seidenes Tuch über die Stehlampe. In seiner Bibliothek gab es solche Leuchtröhren; er hatte sie wahrscheinlich von seinem Schreibtisch geholt und hierhergestellt.

Als er meinen Körper unter dem bläulichen Licht bis ins Kleinste inspizierte, wird er seine Wonne wohl bis zur Neige gekostet haben. Sogar was ich an mir selber noch nicht genau kenne, hat er gesehen – schon der Gedanke lässt mich erröten.

Er muss mich sehr lange entblößt liegen gelassen haben. Ein Beweis dafür ist, dass er den Ofen so wahnsinnig überheizte, um mich vor Erkältung zu schützen, und auch um zu verhindern, dass ich aufwache. Das Zimmer war eine einzige Glut. Wenn ich jetzt überlege, bin ich empört darüber, Spielzeug meines Mannes gewesen zu sein. Aber ich konnte kaum die heftige Migräne ertragen, und als er mir ein Schlafmittel gab – ich weiß nicht genau, war es Kadonolux, Luminal oder Isomital, was er in seinem Mund zerkaute und mir mit Wasser einflößte –, da trank ich eben die Medizin, ohne mich zu sträuben, um die Kopfschmerzen zu vergessen. Bald fingen mir die Sinne an zu schwinden, und ich geriet in einen halb wachen, halb schlafenden Zustand. Danach hatte ich jenen Traum, in dem ich an seiner Stelle Kimura in meinen Armen hielt. Mit dem Wort »Traum« meine ich aber nicht jenen undeutlich verschwommenen, gleichsam in der Luft schwebenden Zustand des »als ob«, sondern ich hatte wirklich das wahre und lebenswarme Gefühl, ihn schlafend in meinen Armen zu halten, und dieses Gefühl spüre ich noch jetzt ganz deutlich auf der Haut meiner Arme und Beine. Kimuras Haut fühlte sich ganz anders an als die meines Mannes.

Oh, mit diesen Händen habe ich mich an Kimuras jünglingshafte, schlanke Arme geklammert, und ich spüre noch, wie ich an seine vor Kraft zitternde Brust gepresst wurde. Besonders fiel mir auf, dass seine Haut für einen Japaner sehr weiß ist, ja, sie kam mir gar nicht wie die Haut eines Japaners vor. Und … ach, wie ich mich schäme … mein Mann wird nie und nimmer erfahren, dass dies Tagebuch existiert, geschweige denn, es lesen, darum nur wage ich, es zu schreiben … wenn mein Mann es wenigstens so weit brächte wie … wenn er wenigstens so stark wäre wie … warum ist es bei meinem Mann nicht so?

Seltsamerweise merkte ich, wie mir diese Gedanken im Traum kamen … und obgleich es ein Traum war, oder genauer, ein Teil Wirklichkeit und ein Teil Traum … irgendwo in meinem Bewusstsein gab es keinen Zweifel, dass es mein Mann war, der mir Gewalt angetan hatte, und dass er mir nur wie Kimura erschien.

Wie kann ich dann aber die Fülle seiner Kraft verstehen, die mich durchdrang? Und so anders waren die Berührungen, als ich sie von meinem Mann her kenne. Ist es mir nicht, als spürte ich sie jetzt noch?

Wenn ich durch jenen Courvoisier auf so angenehme Weise betrunken werden und noch einmal solche Sinnestäuschung empfinden kann, dann wünsche ich nichts sehnlicher, als dass man mir öfters von diesem Cognac zu trinken gibt. Vor allem aber muss ich meinem Mann dankbar sein, der mir zu einem solchen Rausch verholfen hat.

Trotzdem frage ich mich auch wieder, ob die Vision, die ich im Traum erlebte, nicht doch Kimura war. Eigentlich kenne ich Kimura nur in seiner äußeren Erscheinung, in Kleidern. Ich habe ihn nie nackt gesehen. Wie konnte er mir dann im Traum so erscheinen? Jener Kimura existierte also nur in meinem Traum und hat nichts mit dem zu tun, den ich vom Tage her kenne.

Ob es mir vergönnt sein wird, ihn einmal zu sehen, nicht nur als Traumerscheinung, sondern wirklich … nackt …

30. Januar

… Kurz nach Mittag kam ein Anruf von Kimura in mein Büro. »Wie geht es Ihrer Frau Gemahlin?«, fragte er.

»Als ich heute Morgen wegging, schlief sie noch. Es scheint nichts Ernstes gewesen zu sein. Kommen Sie doch ruhig heute Abend zu einem Gläschen herüber«, antwortete ich.

»Nein, nein, auf keinen Fall. Ich war gestern so erschrocken. Sie sollten ein wenig vorsichtiger sein, Herr Professor. Aber jedenfalls komme ich, um der Kranken meine Aufwartung zu machen«, lenkte er ein, und nachmittags um vier Uhr stand er tatsächlich vor der Tür. Meine Frau war schon aufgestanden und saß im Wohnzimmer. Kimura war höflich und zurückhaltend. »Ich werde gleich wieder gehen«, doch ich hielt ihn zurück und sagte: »Keine Sorge! Wir wollen heute ruhig noch einmal trinken.« Meine Frau war dabei und hörte lächelnd zu, vielleicht auch etwas spöttisch, aber nicht ablehnend, nein, nicht ablehnend.

Obwohl Kimura behauptet hatte, gleich gehen zu wollen, machte er keine Anstalten, sich zu erheben. Natürlich wusste er nichts davon, was sich gestern Nacht, nachdem er uns verlassen hatte, in unserem Schlafzimmer abspielte – ich habe noch in der Nacht, bevor der Tag graute, die Leuchtröhren in mein Arbeitszimmer zurückgebracht. Er wusste auch nicht, dass er in Ikukos visionärer Welt aufgetaucht war und sie trunken vor Entzücken gemacht hatte; dennoch hatte ich den Eindruck, dass er mit der verborgenen Absicht gekommen war, sie wieder zu berauschen.

Warum macht er diesen Eindruck auf mich? Fast ist es, als wüsste Kimura, wonach Ikuko sich heimlich sehnt. Wenn das stimmt, muss es entweder Telepathie sein oder Ikukos Suggestion. Nur Toshiko machte ein Gesicht und ging gleich aus dem Zimmer, als wir drei zu trinken anfingen.

… Auch heute Abend stand meine Frau frühzeitig auf, ging hinaus und versteckte sich in der Toilette. Von dort ging sie ins Badezimmer und wurde wieder ohnmächtig. Gewöhnlich baden wir jeden zweiten Tag, aber meine Frau sagte heute zu unserer alten Baya, dass sie für einige Zeit jeden Tag das Bad richten möge. Da Baya nicht bei uns wohnt, füllt sie abends, bevor sie weggeht, das Bad mit Wasser, und jemand aus unserer Familie dreht die Gasheizung auf. Heute besorgte Ikuko es selbst.

Alles verlief wie am vorhergehenden Tag. Dr. Kodama kam und gab ihr eine Kampferspritze. Toshiko lief weg, Kimura versorgte sie – genau wie am Abend vorher. Was ich danach tat, war ebenfalls eine Wiederholung der gestrigen Prozedur. Aber das Unheimlichste war, dass auch meine Frau genau die gleichen Worte sprach. Auch heute

Nacht hörte ich sie leise das Wort »Kimura« flüstern. Hatte sie denselben Traum, dieselbe Vision unter denselben Umständen? … Oder musste ich daraus schließen, dass sie mich zum Besten hielt?

9. Februar

Heute kam Toshiko zu mir und erklärte, sie wolle getrennt von uns leben. Als Grund gab sie an, sie möchte gerne in einer stillen Umgebung studieren. Da sie zum Glück ein passendes Haus gefunden habe, hätte sie diesen Entschluss rasch gefasst. Das Zimmer, das Toshiko gewählt hat, gehört einer alten französischen Dame, die früher ihre Lehrerin an der Doshisha-Universität war und bei der sie jetzt noch gelegentlich Privatunterricht in Französisch nimmt. Ihr Mann ist Japaner und liegt gichtbrüchig im Bett; die Frau, die ihre Stelle an der Universität aufgegeben hat, gibt noch Privatstunden, um sich und ihren Mann zu ernähren. Aber Toshiko ist die einzige Schülerin, die zu ihr ins Haus kommt. Sonst besucht sie ihre Privatschüler in deren Häusern.

Die beiden Alten leben ganz für sich, und obgleich das Haus nicht sehr geräumig ist, blieb das Arbeitszimmer ihres kranken Mannes – ein etwas abgelegenes Achtmatten-Zimmer – unbenutzt, und die gelehrte Dame wäre froh, wenn Toshiko bei ihr wohnen würde, damit sie den Kranken nicht allein zu lassen braucht. Es gibt ein Telefon im Haus und auch ein modernes Bad mit Gasheizung. Die

Frau wäre glücklich, wenn Toshiko das Zimmer mieten würde. Sie hat auch von sich aus angefangen, darüber zu sprechen. Wenn Toshiko ihr Klavier mitbringen wolle, würde sie den Fußboden mit Ziegelsteinen ausmauern und die Reisstrohmatten herausnehmen lassen. Sie will auch veranlassen, dass das Telefon umgeschaltet wird, und ein Gang soll angebaut werden, damit Toshiko nicht durch das Krankenzimmer zu gehen braucht, wenn sie die Toilette oder das Bad benutzt. All dies ließe sich mit geringen Kosten bestreiten. In der Abwesenheit der Lehrerin würde kaum ein Anruf für den Kranken kommen, und wenn, sei es ausgemacht, dass Toshiko damit nichts zu tun habe. Bestimmt würden ihr daraus keine Unannehmlichkeiten entstehen. Wenn Toshiko mit diesen Bedingungen einverstanden sei, wolle sie ihr das Zimmer billig abtreten, und es sei – von der finanziellen Seite ganz abgesehen – überhaupt ihr größter Wunsch, dass sie dieses Angebot akzeptiere.

In letzter Zeit besucht uns Kimura fast jeden dritten Tag, und es dauert dann gewöhnlich nicht lange, bis wir beim Cognac sitzen. Wir haben schon zwei Flaschen Courvoisier geleert, und da ich jedes Mal im Badezimmer ohnmächtig werde, hat Toshiko wahrscheinlich langsam genug von mir. Sie muss auch bemerkt und als sehr seltsam empfunden haben, dass das Schlafzimmer ihrer Eltern manchmal noch spät in der Nacht hell erleuchtet ist und die Leuchtröhren durch das Glas schimmern. Ob dies der einzige Grund ist, warum sie von uns getrennt leben möchte, oder ob sie noch andere, verborgene Absichten hat, kann ich nicht sagen. So antwortete ich ihr ganz einfach: »Frage doch Papa, was er dazu meint. Wenn Papa keine Einwände hat – ich habe nichts dagegen« …

Heute erzählte mir Kimura etwas ungemein Interessantes, als meine Frau in die Küche gegangen war und er sicher sein konnte, dass sie uns nicht hörte.

»Wissen Sie, dass es in Amerika einen Fotoapparat gibt, der Polaroid heißt?«, fragte er ganz sachlich.

»Bei diesem Apparat kommen die aufgenommenen Bilder gleich entwickelt heraus. Wenn zum Beispiel im Fernsehen ein japanischer Sumo-Ringkampf übertragen wird, so gibt der Ansager nach der Übertragung einen fachmännischen Kommentar, wobei auf der Stelle die entscheidenden Phasen des Kampfes in aufeinanderfolgenden Einzelbildern gezeigt werden; die sind mit der Polaroid aufgenommen. In der Handhabung ist sie höchst einfach und unterscheidet sich kaum von gewöhnlichen Fotoapparaten. Sie ist auch praktisch zum Tragen. Wenn man dazu ein Blitzlicht für Serienaufnahmen benutzt, kommt man mit kurzer Belichtungszeit aus und braucht kein Stativ. Zurzeit ist dieser Apparat noch nicht sehr verbreitet; er wird nur manchmal von Leuten gebraucht, die an Pikanterien interessiert sind. Der Film, der dabei Verwendung findet, hat ungefähr Visitenkartenformat, und das Papier für die Positive ist schon mit hineingerollt. Man kann jedoch den Film nicht in Japan kaufen, man muss ihn aus Amerika beziehen.«

Aber ein Freund von Kimura besitzt diesen Apparat und hat auch Beziehungen, um die dazugehörigen Filme zu beschaffen. »Wenn Sie es mal ausprobieren wollen, könnte ich ihn für eine Weile ausleihen«, sagte er freundlich.

Während Kimura sprach, kam mir sofort eine gute Idee. Ein Rätsel ist mir allerdings, wie Kimura vermuten konnte, dass ich mich freuen würde, wenn er mir von diesem Apparat erzählt. Das lässt darauf schließen, dass er sehr gut über uns Bescheid weiß.

17. Februar

… Vorhin, etwa um vier Uhr nachmittags, geschah etwas, was ich mich sehr beunruhigt. Ich bewahre mein Tagebuch in einer Schublade meines Schrankes im Wohnzimmer auf, einer Schublade, in der niemand außer mir etwas zu suchen hat und an die bisher auch noch niemand ging. Ich habe es tief unter einem Kasten mit alten Briefen von meinen Eltern versteckt, in dem sich auch meine eingetrocknete Nabelschnur befindet, und warte mit meinen Eintragungen gewöhnlich auf eine günstige Gelegenheit, etwa, bis er ausgegangen ist. Ich wollte eben etwas niederschreiben, um es nicht zu vergessen, und spürte plötzlich eine unwiderstehliche Lust, mein Tagebuch zu öffnen. Manchmal kann ich es nicht abwarten, bis er ausgeht, wenn mir gerade etwas Wichtiges einfällt und ich Angst habe, es zu vergessen, oder auch wenn die Lust, meine Geheimnisse dem weißen unschuldigen Papier anzuvertrauen, mich überwältigt – dann hole ich das Tagebuch aus seinem Versteck, noch während er in seinem Studierzimmer sitzt und arbeitet.

Sein Zimmer liegt gerade über dem Wohnzimmer, und

ich glaube, dass ich immer ungefähr weiß, was er im Augenblick tut, ob er liest oder schreibt oder Tagebuch führt oder seinen Gedanken nachgeht und nichts tut, und ich bin überzeugt, dass er das ebenso von mir weiß. Manchmal gibt es Augenblicke, wo er mit verhaltenem Atem alle Aufmerksamkeit nach unten ins Wohnzimmer gerichtet hat und sich ganz still verhält – zumindest scheint es mir so. Das empfinde ich oft, wenn ich heimlich mein Tagebuch heraushole und – die Gedanken ganz im oberen Stockwerk – schreibe. Ich glaube nicht, dass das nur bloße Einbildung ist. Um Geräusche möglichst zu vermeiden, schreibe ich nicht mit Tinte und Feder auf europäisches Papier, sondern auf weiches, dünnes Reispapier, das ich nach japanischer Art selbst doppelseitig gefaltet und eingebunden habe, und natürlich benutze ich den leise gleitenden Tuschpinsel. Meine kleine zierliche Schrift fällt damit auch viel schöner aus.

Ich war so vertieft in meine Beschäftigung, dass ich, was mir noch nie passiert ist, für einige Sekunden vergaß, auf das Arbeitszimmer über mir zu achten. Da kam er, ob nun mit Absicht oder zufällig, geräuschlos die Treppe herunter, um auf die Toilette zu gehen. Er kam am Wohnzimmer vorbei und ging dann wieder nach oben. Ich sage »geräuschlos«, aber das wirkte auf mich nur so, und er hatte wohl keine anderen Absichten, als auf die Toilette zu gehen. Ich kann mir nicht vorstellen, dass er die Treppe heruntergeschlichen ist. Er wird mit gewöhnlichen Schritten heruntergekommen sein, und ich war nur nicht aufmerksam genug und achtete nicht auf die Geräusche, die man ja normalerweise hört. Jedenfalls wurde ich erst auf seinen Tritt aufmerksam, als er schon vor der Tür stand.

Ich schrieb, an den Tisch gelehnt, und verbarg tief erschrocken mein Tagebuch und mein Schreibzeug unter der Tischplatte. (Ich gebrauche aus Vorsicht kein gewöhnliches schweres Tuschgefäß, sondern ein leichtes aus Bambus zum Einstecken. Es ist ein Andenken an meinen verstorbenen Vater mit einer Einlage aus Karakiholz und stammt höchstwahrscheinlich aus China. Es ist bestimmt ein seltenes, antikes Stück von großem Wert.)

Ich bin sicher, dass mein Mann zuerst nichts merkte. Als ich aber das Buch versteckte, war ich dermaßen verwirrt, dass ich es dabei zerknüllte, und ich fürchte, er hat das eigentümliche Knistern des Papiers gehört. Ja, er muss es gehört haben, und wenn er dieses Geräusch hört, wird er sicher an Reispapier denken, und wenn er an Reispapier denkt, wird er sich leicht vorstellen können, zu welchem Zweck ich es benutzt habe.

Von heute an muss ich vorsichtiger sein! Aber was kann ich jetzt tun, da er schon vom Vorhandensein dieses Tagebuches weiß? Wenn ich das Versteck auch ändern würde, in diesem kleinen Raum kann man es einfach nicht so verstecken, dass es nicht zu finden ist. Es bleibt mir nur der Ausweg, möglichst nicht aus dem Hause zu gehen, solange mein Mann in der Nähe ist. Mir ist in der letzten Zeit der Kopf sowieso tagelang so schwer, dass ich nicht mehr so gern ausgehe wie früher, und das Einkaufen besorgt größtenteils Toshiko oder Baya.

Kimura hat uns darauf aufmerksam gemacht, dass im Asahi-Kaikan der neue Film *Rot und Schwarz* gezeigt wird. Er meint, wir sollten ihn uns unbedingt ansehen. Ich möchte schon gern hingehen, aber das Tagebuch … Ich muss bis dahin noch irgendeine gute Lösung finden.

18. Februar

… Gestern Abend mitgerechnet, haben meine Ohren zum vierten Mal gehört, wie meine Frau »Kimura« flüsterte. Mein Verdacht ist bestätigt, dass ihre Worte nur scheinbar im Traum gesprochen sind und dass sie nur so tut, als fantasiere sie. Wenn das stimmt, frage ich mich, zu welchem Zweck. Will sie damit sagen: »In Wirklichkeit schlafe ich nicht, ich gebe mir nur den Anschein.« Oder meint sie: »Ich möchte mir vorstellen, dass nicht du mein Partner bist, sondern Kimura, sonst kann ich dabei keine Lust empfinden. Schließlich ist das auch für dich besser.« Es wäre auch möglich, dass sie mir sagen will: »Dies ist lediglich ein Mittel, dich eifersüchtig zu machen und dich zu erregen. Ich bin immer deine treue Frau und niemals etwas anderes gewesen …«

Heute hat Toshiko ihren Plan ausgeführt und ist in das Haus von Madame Okada umgezogen. Die Bauarbeiten sind fast vollendet, das Bad mit Toshikos Zimmer durch einen Gang verbunden und der leichte japanische Fußboden für das schwere Klavier mit Ziegelsteinen ausgemauert. Da aber das Telefon noch nicht umgelegt worden und heute *Akaguchi*, also ein schlechter Tag ist, wollte Ikuko sie überreden, bis zum 21., der mehr Glück verspricht, zu warten, aber Toshiko hörte nicht darauf und zog aus, ohne viel Umstände zu machen. Nur das Klavier konnten wir noch nicht transportieren; es soll in den nächsten zwei oder drei Tagen nachkommen. Alle anderen Sachen haben wir schon mithilfe Kimuras, der sich eigens dazu freigeben ließ, hinübergebracht. (Nach der gestrigen Nacht lag Ikuko wie immer bis in den frühen

Morgen bewusstlos. Erst gegen Abend konnte sie aufstehen, und so kam es, dass sie nicht beim Umzug mithalf.) Die neue Adresse lautet: Tanaka-Sekitamachi und ist zu Fuß von hier in fünf bis sechs Minuten zu erreichen. Kimura hat ein Zimmer in der Nähe von Hyakumanben und wohnt also noch näher als wir.

Als Kimura uns besuchte, um beim Umzug mitzuhelfen, kam er auch zu mir herauf und klopfte vorsichtig an die Tür des Arbeitszimmers. Aber noch halb auf der Treppe rief er: »Darf ich Sie … für einen Augenblick …?«

»Ja, bitte, kommen Sie nur herein!«

»Ich wollte nur …«, meinte er beim Eintreten und brachte mir »die Sachen, die ich Ihnen versprochen hatte«. Dabei legte er die Polaroid auf den Tisch.

19. Februar

… Ich verstehe Toshiko nicht mehr. Sie scheint ihre Mutter zu lieben und scheint sie wiederum zu hassen. Aber in einem bin ich sicher: Sie hasst ihren Vater. Sie missversteht offensichtlich die Schlafzimmerbeziehungen ihrer Eltern und glaubt, dass der Vater von Natur aus lasterhaft ist und nicht die Mutter. Sie glaubt, dass die Mutter, zart von Geburt, den häufigen Anstrengungen der Liebe nicht gewachsen sei und dass der Vater sie mit Gewalt zwinge, sich einer abnormen, unanständigen, widerlichen Erotik hinzugeben, in die sie gegen ihren Willen immer tiefer verstrickt werde. (Eigentlich habe ich mich ja so benommen, dass sie so etwas glauben muss.) Gestern, als sie ihre letzten Sachen holte, kam sie zu mir ins Schlafzimmer, um sich zu verabschieden, und sagte kurz und warnend: »Mama, Papa wird dich umbringen!« Damit drehte sie sich um und ging.

Ich finde es sehr merkwürdig von ihr, da sie sonst verschwiegen ist wie ich. Sie scheint sich heimlich Sorgen zu machen, mein Brustleiden könnte sich verschlimmern, und dies ist auch der Grund, weshalb sie ihren Vater hasst. Aber die Art, wie sie mich warnte, war hinterhältig und giftig, und ihre Stimme war voll arger Bosheit. Es schien mir nicht aus dem Herzen einer Tochter gesprochen, die mit Teilnahme und Sorge an ihre Mutter denkt. Ich glaube, sie leidet an dem Minderwertigkeitskomplex, mit ihrem Aussehen und ihren Reizen hinter der Mutter zurückzubleiben, obwohl sie zwanzig Jahre jünger ist. Sie sagte zwar von Anfang an, dass sie für Kimura nicht viel übrighabe, doch ich bin überzeugt, ihr Gedankengang ist so: Die Mutter verehrt diesen amerikanischen Filmstar, Kimura erinnert an ihn, also … und da hebt sie ihre Abneigung unangemessen hervor. Vielleicht meint sie in Wirklichkeit das Gegenteil und nährt insgeheim feindliche Gedanken gegen mich.

… Ich versuche, das Haus möglichst nicht allein zu lassen; aber man weiß ja nie, was für Umstände einen zwingen werden, in die Stadt zu gehen. Auch könnte es geschehen, dass er in der Zeit, da er eigentlich Vorlesungen zu halten hat, plötzlich nach Hause kommt, und ich mache mir allerlei Gedanken darüber, was für Vorkehrungen ich mit meinem Tagebuch treffen soll. Wenn es keinen Zweck hat, es zu verstecken, möchte ich wenigstens etwas ausdenken, um herauszukriegen, ob er wirklich heimlich darin liest. Ich möchte mindestens wissen, ob er schon hinter meinem Rücken hineingesehen hat oder nicht. Ich sollte ein Zeichen in das Tagebuch machen, ein Zeichen, an dem ich erkennen kann, ob er es heimlich geöffnet hat. Es wäre gut, wenn das Zeichen nur für mich erkennbar bliebe und er nichts von meiner Kontrolle merken würde. Aber nein, es wäre doch besser, wenn er das Zeichen verstände. Wenn er erkennt, dass seine Frau von seinem heimlichen Tun weiß, könnte es ihn fortan davon abhalten, heimlich die Eintragungen nachzulesen. (Ob das stimmt, bleibt allerdings zweifelhaft.)

Davon abgesehen ist es nicht leicht, sich ein solches Zeichen auszudenken. Das erste Mal wird es Erfolg haben, aber ich befürchte, bei wiederholter Anwendung wird er meine List durchschauen. Angenommen, ich würde zum Beispiel einen Zahnstocher in eine bestimmte Seite hineinlegen, der, wenn das Buch geöffnet wird, herausfällt. Das erste Mal wird es gutgehen, doch vom zweiten Mal an wird er aufpassen, dass er nicht herausfällt, und sich die Seite merken, in der er lag, und ihn wieder an dieselbe Stelle stecken. (Er ist weiß Gott in solchen Sachen sehr durchtrieben.) Und jedes Mal eine neue Methode zu ersinnen, ist fast unmöglich.

Ich habe hin und her überlegt und versuche es jetzt mit einem Cellophanstreifen Marke »Scotch Tape Nr. 600«. Ich habe ihn in einer Länge von 5,3 cm abgeschnitten und werde damit an einer bestimmten Stelle des Buches Vorder- und Rückseite des Einbandes zusammenkleben. (Dieser bestimmte Punkt ist vom oberen Rand 8,2 cm und vom unteren 7,5 cm entfernt, und jedes Mal will ich die Länge des Streifens und die Stelle ein wenig verändern.) Um zu lesen, müsste er den Streifen abreißen und dann einen neuen, gleich langen an genau derselben Stelle ankleben. Theoretisch ist das natürlich nicht unmöglich, aber praktisch ist es so umständlich und zeitraubend, dass er es kaum machen wird. Überdies bleiben aufgeraute Flecken um die Stelle herum auf dem Papier zurück, wenn man auch noch so vorsichtig verfährt. Zum Glück besteht der Einband aus dickem, japanischem Papier, das mit einer festen Schicht weißer Tusche überzogen ist, sodass es um den Streifen herum ungefähr zwei bis drei Millimeter breit abrisse, wenn er den Streifen entfernte. So wird er auf keinen Fall an die Geheimnisse meines Tagebuches herankönnen, ohne eine Spur zu hinterlassen.

24. Februar

Seit Toshiko von uns fortgezogen ist, gibt es für Kimura keinen offiziellen Grund mehr, zu uns zu kommen, aber er erscheint nach wie vor in Abständen von zwei bis drei Tagen. Ich rufe ihn gelegentlich auch von mir aus an. (Toshiko lässt sich gewöhnlich ebenfalls einmal am Tag sehen, doch bleibt sie nicht lange.)

Die Polaroid habe ich schon zweimal benutzt. Ich habe folgende Bilder aufgenommen: den nackten Körper von vorn und hinten, dazu Details einzelner Gliedmaßen; ihre Beine und Arme gekrümmt und verschlungen in ausgesucht reizvollen Stellungen und unter verschiedenen Winkeln.

Mit diesen Aufnahmen verfolge ich mehrere Absichten.

Erstens: Das Fotografieren selbst ist für mich interessant. Einen schlafenden – oder sich schlafend stellenden – weiblichen Körper nach meinem Willen in verschiedene Posen zu bringen, bereitet mir Freude.

Zweitens: Ich werde diese Bilder in mein Tagebuch einkleben. Dann wird meine Frau sie bestimmt sehen und die Schönheit ihres Körpers erkennen, von der sie selbst noch nichts weiß, und freudig überrascht sein.

Damit wird auch die dritte Absicht erreicht; sie wird jetzt verstehen, warum es mich gelüstet, ihren nackten Leib zu betrachten. Sie wird einverstanden sein und mir meinen Willen lassen, ja, ich glaube, dass sie sogar tief gerührt sein wird. (Sie sollte einmal ernsthaft darüber nachdenken, dass es doch etwas sehr Seltenes ist, wenn sich ein sechsundfünfzigjähriger Mann mit solcher Leidenschaft nach dem nackten Körper seiner fünfundvierzigjährigen Frau sehnt.)

Viertens ist meine Absicht, durch die Bloßstellung ihr Schamgefühl zu beleidigen und dabei auszuprobieren, bis zu welchem Grad sie vortäuschen kann, nichts zu wissen.

Die Linse des Apparats ist nicht sehr scharf, und ich musste aufs Geratewohl mit den Augen abschätzen, weil er keinen eingebauten Entfernungsmesser besitzt, und es ist durchaus möglich, dass die Bilder nicht gelingen, wenn ein Ungeübter wie ich sie aufnimmt. Seit einiger Zeit soll es neue, lichtempfindlichere Polaroidfilme geben, die aber in Japan sehr schwer aufzutreiben sind.

Da Kimuras Filme alt sind und der Garantietermin schon abgelaufen ist, glaube ich nicht, dass ich mit meinen Aufnahmen gute Resultate erzielen werde. Es ist auch unpraktisch und wird mir langsam lästig, jedes Mal ein Blitzlicht gebrauchen zu müssen. Mit diesem Apparat werde ich nur mein erstes und viertes Ziel zufriedenstellend erreichen, und ich werde daher diese Bilder vorerst noch nicht einkleben …

27. Februar

Obgleich es Sonntag ist, kam Kimura um halb zehn morgens zu uns und lud mich zu der Premiere des Films *Rot und Schwarz* ein. Im Übrigen entschuldigte er sich. Die Abiturienten, die auf die Universität gehen wollen, seien mit ihren Vorbereitungen für die Prüfung gehetzt, und auch die Lehrer hätten dadurch manche zusätzliche Arbeit. Im März würde es ein wenig besser werden, aber diesen Monat müsse er einige Tage in der Woche länger in der Schule bleiben, um Nachhilfeunterricht zu geben. Unsichere Kandidaten aus anderen Schulen kämen sogar zu ihm nach Hause, um sich Rat zu holen.

Kimura ist ein Meister der Spekulation und hat eine feine Nase für die richtigen Themen, sodass seine Schüler sicher sein können: Die Stellen, die er für wichtig hält, werden auch bestimmt im Examen abgefragt. Ich begreife langsam, dass er einen »besonderen Sin« für solche Sachen hat, wie er behauptet. Über ihr Fachwissen kann ich mich nicht äußern, aber ich glaube, dass Kimura diesen »Sinn« hat und dass mein Mann ihm hierin unterlegen ist …

Unter diesen Umständen sei also Sonntag der einzige Tag, wo er ein wenig Zeit habe, aber sonntags ist mein Mann zu Hause, und es schickt sich doch nicht, dass ich da mit einem Fremden ausgehe. Nun kam auch Toshiko dazu und bat mich mitzukommen. Kimura war bei ihr vorbeigegangen und hatte sie zuerst eingeladen.

»Ich habe gar keine Lust; aber es sieht nicht gut aus, wenn ihr zwei allein geht. Darum opfere ich mich für Mama!«, schien ihr Gesicht zu sagen.

»Wenn man sonntags noch einen Platz bekommen will, muss man rechtzeitig dort sein«, drängte Kimura.

»Ich bleibe heute sowieso den ganzen Tag zu Hause. Ihr braucht euch meinetwegen keine Sorgen zu machen. Seht euch nur ruhig den Film an«, redete auch mein Mann mir zu. Ich durchschaue ihn recht gut und weiß, warum er mich dazu überreden wollte, und da ich es erwartet hatte und darauf vorbereitet war, gingen wir schließlich zu dritt.

Als wir das Kino betraten, war es halb elf, und der Film dauerte bis kurz nach eins. Ich lud die beiden zum Mittagessen ein, aber jeder wollte gleich wieder seines Weges gehen. Ich war kaum heimgekommen, etwa gegen drei Uhr, da ging er zum Spaziergang aus, obwohl er gesagt hatte, er bliebe den ganzen Tag zu Hause, und kam erst gegen Abend zurück. Ich sah ihm eine Weile durch die Gardinen nach, wie er die Straße hinunterschritt, und als ich mich sicher fühlte, holte ich sofort mein Tagebuch heraus. Der Cellophanstreifen klebte ungefähr an derselben Stelle. Der Deckel war auf den ersten Blick unbeschädigt. Doch als ich ein Vergrößerungsglas zu Hilfe nahm, war nicht zu übersehen, dass an zwei oder drei Stellen kleine Kratzer entstanden waren. (Er muss die Streifen äußerst vorsichtig abgezogen haben.) Ich hatte meine Vorsicht rechtzeitig verdoppelt und obendrein in eine bestimmte Seite des Buches einen Zahnstocher hineingelegt. Auch dieser Zahnstocher lag in einer anderen Seite des Buches. Nun besteht kein Zweifel mehr, dass er sich an meinem Tagebuch zu schaffen gemacht hat.

Was soll ich jetzt tun? Soll ich aufhören, Tagebuch zu führen, oder soll ich fortfahren?

Ich liebe es nicht, fremden Menschen mein Innerstes zu zeigen, und ich habe gerade darum ein Tagebuch angefangen, um mich mit mir selber zu unterhalten. Wenn es sich jedoch herausstellt, dass ein Fremder darin liest, sollte ich da nicht besser aufhören? Nun ist aber der Fremde mein Mann, und wenn wir uns gegenseitig den Anschein geben, von nichts zu wissen, ist das nicht Grund genug, in meinen Aufzeichnungen fortzufahren? Kurzum, ich werde mich von nun an indirekt an ihn wenden. Dinge, die ich mich schäme direkt zu sagen, kann ich auf diese Weise mit ihm besprechen.

Doch eins bitte ich mir aus: Ich kann es zwar nicht verhindern, dass er heimlich meine Eintragungen liest, aber ich möchte nicht, dass er rücksichtslos zu erkennen gibt, wenn er sie gelesen hat. Vielleicht ist diese Sorge überflüssig, denn er ist ein Mensch, der oft genug so tut, als hätte er nicht getan, was er sehr wohl getan hat.

Außerdem bitte ich, mir Glauben zu schenken: Was er auch getan haben mag, ich selbst habe nie und nimmer in sein Tagebuch geschaut. Niemand weiß besser als er, wie streng ich erzogen worden bin und dass ich niemals anderer Menschen Geheimnisse ausspionieren könnte. Ich weiß, wo mein Mann sein Tagebuch aufbewahrt, manchmal berühre ich es sachte mit der Hand, und ganz selten öffne ich es sogar und schaue hinein, aber nie habe ich auch nur einen Buchstaben gelesen. Was ich sage, ist die reine Wahrheit.

27. Februar

Meine Vermutung bestätigt sich: Meine Frau schreibt ein Tagebuch. Ich habe bis jetzt absichtlich vermieden, darüber eine Bemerkung zu machen, aber schon vor einigen Tagen hatte ich einen vagen Verdacht. Als ich nämlich auf dem Weg zur Toilette die Treppen zum ersten Stock hinunterstieg und am Esszimmer vorbeikam, sah ich meine Frau durch das Glas der Schiebetür in einer unnatürlichen, verstörten Haltung am Tische lehnen. Kurz zuvor hörte ich ein Geräusch, wie wenn Papier, und besonders japanisches Reispapier, in größter Eile zerknüllt wird. Es war nicht jenes raschelnde Geräusch, wie wenn man einen oder zwei Bogen zerknittert, sondern es müssen viele Bogen gewesen sein, ein richtiges Bündel. Mir war, als ob solch ein lose geheftetes Bündel hastig und mit Gewalt zusammengedrückt und unter einem Kissen oder etwas Ähnlichem versteckt würde. Ich selbst benutze zu Hause fast nie japanisches Reispapier. Ich habe mir natürlich gleich Gedanken gemacht, wozu sie dies weiche und schmiegsame Papier gebrauchen könnte. Aber bis jetzt hatte ich keine Gelegenheit, mich zu vergewissern. Heute nun, als sie mit den anderen ins Kino gegangen war, habe ich im Esszimmer danach gesucht, und es fiel mir nicht schwer, das Tagebuch ausfindig zu machen. Aber zu meiner größten Überraschung fand ich, dass sie es mit einem Cellophanstreifen zugeklebt hatte, wohl aus Furcht, ich könnte hinter ihr Geheimnis kommen. Was für dumme Sachen sie macht!

Ihr Misstrauen geht etwas zu weit. Ich bin doch kein so verächtlicher Schnüffler, dass ich ein Tagebuch, selbst wenn es meiner eigenen Frau gehört, ohne Erlaubnis lese, dennoch verleitete mich eine arge Neugier, zu versuchen, ob ich den Streifen, ohne Spuren zu hinterlassen, abreißen könnte. Ich wollte meiner Frau damit sagen: »Die Streifen nützen nichts. Dein Tagebuch kann, ohne dass du es merkst, leicht gelesen werden. Denk dir etwas anderes aus.«

Aber das schlug fehl. Ich bin ehrlich erstaunt, wie gut ihr Plan bis ins Kleinste durchdacht war. Obwohl ich sehr sorgfältig zu Werke ging und den Streifen millimeterweise abhob, blieben doch einige Spuren zurück. Ich sehe nun, dass es unmöglich ist, den Streifen zu lösen, ohne entdeckt zu werden. Gewiss war auch die Länge des Streifens wichtig, doch leider habe ich ihn achtlos zerknüllt und konnte ihn später nicht mehr nachmessen. Ich habe einen neuen Streifen in ungefähr gleicher Länge abgeschnitten und aufgeklebt.

Sie wird es also sicher bemerken. Eines jedoch kann ich, bei allem, was mir heilig ist, beschwören: Ich habe den Streifen abgetrennt, und ich habe das Tagebuch auch geöffnet – aber ich habe keinen einzigen Buchstaben gelesen. Es ist ohnedies eine Quälerei für meine kurzsichtigen Augen, eine so kleine und dünne Schrift zu entziffern. Ich hoffe, sie wird mir Glauben schenken. Allerdings, wie ich ihre Eigenart kenne, wird ihr Argwohn, dass ich es gelesen habe, umso mehr wachsen, je mehr ich ihr glaubhaft zu machen versuche, dass ich es nicht gelesen habe.

Wenn sie mir aber sowieso misstraut und nun einmal glaubt, dass ich es gelesen habe, könnte ich es ja ebenso gut auch lesen! – Doch nein, ich werde es auf keinen Fall tun. Um die Wahrheit zu sagen, ich habe Angst zu erfahren, in welcher Weise sie ihre Gefühle für Kimura ausdrückt.

Liebe Ikuko, bitte schreibe nichts darüber in dein Tagebuch!

Ich werde nicht hinter deinem Rücken in deinen Aufzeichnungen herumlesen, aber ich bitte dich, schreibe nicht die Wahrheit. Wenn es auch eine Lüge ist, sag, dass du Kimura nur als einen Stachel für mich gebrauchst und dass er darüber hinaus nichts für dich bedeutet …

Heute Morgen kam Kimura, um Ikuko mit ins Kino zu nehmen. Es geschah auf meinen ausdrücklichen Wunsch. Ich sagte zu ihm: »In letzter Zeit geht meine Frau selten aus, wenn ich zu Hause bin. Fast alle Besorgungen trägt sie Baya auf. Ich bin deswegen besorgt und wollte Sie gern bitten, gelegentlich für einige Stunden mit meiner Frau auszugehen.«

Toshiko schloss sich an, da sie es sich zur Regel gemacht hat, die beiden zu begleiten. Welche Gefühle sie dabei hat, habe ich noch nicht ganz begriffen. Toshiko sieht ihrer Mutter sehr ähnlich, aber sie ist noch komplizierter. Ich glaube, sie nimmt es mir übel, dass ich, wie die meisten anderen Väter, nicht sie über alles liebe, sondern ihrer Mutter noch leidenschaftlich zugetan bin. Wenn meine Vermutung stimmen sollte, so ist sie allerdings im Unrecht; ich liebe sie beide gleich tief. Nur ist die Art der Liebe verschieden. Kein Vater darf seine Tochter aus Leidenschaft lieben …

Ich muss Toshiko das bei einer geeigneten Gelegenheit erklären.

… Heute Abend saßen wir zum ersten Mal seit Toshikos Umzug beim Essen zusammen. Später ging Toshiko nach Hause, und meine Frau benahm sich wie stets beim Cognac. Spät in der Nacht, als Kimura sich verabschiedete, gab ich ihm die Polaroid zurück. »Es ist schon ein Vorteil, dass man nicht zu entwickeln braucht, aber man ist jedes Mal auf das Blitzlicht angewiesen, und eigentlich ist es doch praktischer, mit einem gewöhnlichen Apparat zu knipsen. Ich will jetzt versuchen, meine Zeiss-Ikon zu gebrauchen«, fügte ich hinzu.

»Geben Sie den Film zum Entwickeln aus dem Hause?«, fragte er zurück.

»Ich habe hin und her überlegt; könnten Sie es nicht für mich tun?«, erkundigte ich mich. »Sie könnten die Bilder ja zu Hause entwickeln.«

Kimura machte ein verlegenes Gesicht: »Geht es denn nicht bei Ihnen hier?«

»Wissen Sie denn überhaupt, um was für Bilder es sich handelt?«

»Nein, ich bin nicht ganz sicher.«

»Es sind Bilder, die man fremden Leuten nicht zeigt. Aber hier im Hause kann ich sie nicht gut entwickeln. Außerdem möchte ich sie vergrößern lassen, und wir haben in meiner Wohnung keinen Raum, der als Dunkelkammer geeignet wäre. Könnten Sie nicht bei sich so etwas einrichten? – Es wird sich allerdings nicht vermeiden lassen, dass Sie dabei die Aufnahmen zu Gesicht bekommen.«

»Einen Raum hätten wir schon, ich werde mit meinem Wirt sprechen …«

28. Februar

Morgens um acht Uhr, als meine Frau noch schlief, kam Kimura. Er sei auf dem Wege zur Schule und habe schnell hereinschauen wollen. Ich lag auch noch im Bett, ging aber ins Esszimmer hinunter, als ich ihn in der Vorhalle mit Baya sprechen hörte.

»Herr Professor, es ist alles in Ordnung«, rief er mir sofort zu. Ich wusste nicht gleich, was er meinte, doch es handelte sich um die Dunkelkammer. In letzter Zeit konnte in dem Haus, in dem er wohnte, das Bad nicht mehr geheizt werden, und da das Badezimmer so unbenutzt blieb, erlaubte man ihm, sich darin einzurichten. Dort gab es auch fließend Wasser für die verschiedenen Fixierlösungen. Ich bat ihn, alles Nötige vorzubereiten …

Kimura behauptet, er habe der Examen wegen nicht viel zu tun. Er ist ja noch eifriger als ich …

Gestern Nacht holte ich meine lange nicht benutzte Zeiss-Ikon heraus und hörte nicht eher auf, bis ein ganzer Film mit sechsunddreißig Aufnahmen verknipst war. Heute kam Kimura wieder zu mir, mit harmloser Miene. »Darf ich eintreten?«, fragte er noch einmal, als er schon in der Tür meines Arbeitszimmers stand, und sah mir ins Gesicht. Ich hatte mich, ehrlich gesagt, bis zu diesem Augenblick nicht entscheiden können, ob ich Kimura das Entwickeln des Filmes anvertrauen sollte oder nicht. Er hatte Ikukos nackten Körper ja schon öfters gesehen; und musste ich ihn schon einem Fremden überlassen, so gab es niemanden als ihn. Aber auch er hat nur sekundenlang einen Blick auf sie geworfen, und niemals hat er sie in den obszönen Positionen gesehen und aus den verschiedenen Perspektiven, die ich für meine Aufnahmen wähle. Ihm die Filme in die Hand zu geben, hieße das nicht, ihn über das Maß des Erträglichen zu erregen? Wenn alles so mit ihm bleiben könnte wie jetzt, wäre es gut, aber beschwor ich nicht durch diese Herausforderung noch etwas anderes herauf? Und wenn meine Befürchtung wahr würde, dann wäre niemand anders als ich der Urheber, und niemand anders als ich hätte die Verantwortung zu tragen. Kimura träfe keine Schuld.

Ich sehe mich auch genötigt, mir noch einmal zu überlegen, was meine Frau sagen würde, falls sie diese Bilder zu Gesicht bekäme. Zuerst würde sie sehr böse sein – oder sich doch den Anschein geben. Wie konnte ich ohne ihr Wissen solche Aufnahmen machen und sie sogar einem fremden Menschen zum Entwickeln aushändigen! Dies ist ganz sicher. Zweitens wird sie in gutem Glauben die Folgerung daraus ziehen, dass ich ihr den Ehebruch mit Kimura nahelege, da ich ja wollte, dass Kimura sie in diesen beschämenden Situationen sah. »Wozu jetzt noch schamhaft sein! Ich kann meine Ehe nur noch retten, indem ich mich ganz in seine Arme werfe.« Welche Grausamkeit der Natur, dass diese Vorstellungen eine entsetzliche Eifersucht in mir erwecken und ich gerade um des Lustgefühls der Eifersucht willen diese Gefahr in Kauf nehmen muss.

Als mein Entschluss gefasst war, sagte ich zu Kimura: »Bitte entwickeln Sie mir diesen Film. Auf keinen Fall dürfen Sie ihn aus der Hand geben. Sie müssen die Arbeit allein und ohne fremde Hilfe machen. Wenn Sie mit dem Entwickeln fertig sind, zeigen Sie mir alles, und dann werde ich die Bilder, die mir gefallen, aussuchen und Sie bitten, sie zu vergrößern.«

Kimura muss innerlich sehr erregt gewesen sein, doch bemühte er sich, ein betont ausdrucksloses Gesicht zu machen, erklärte sich einverstanden und ging …

7. März

… Heute lag der Schlüssel wieder vor dem Schrank in seinem Arbeitszimmer. Es ist schon das zweite Mal in diesem Jahr. Zum ersten Mal geschah es am 4. Januar. Als ich damals in seiner Abwesenheit auf sein Zimmer ging, fand ich den Schlüssel vor einer kleinen Vase mit einer

Narzisse. Heute Morgen bemerkte ich, dass die zartgelben Blüten der Nankingpflaume in jener Vase verblüht waren, und wollte sie durch einen Kamelienzweig ersetzen; da fand ich den Schlüssel genau an derselben Stelle wie das vorige Mal. Das muss doch etwas bedeuten, dachte ich, öffnete die Schublade und nahm sein Tagebuch heraus. Es war wie das meine mit einem Streifen zugeklebt. Mein Mann will mir anscheinend spöttisch zu verstehen geben: »Also, nun öffne du es auch!« Er benutzt ein gewöhnliches Heft, wie es auch die Studenten haben, mit einem Deckel aus glattem Karton, und es scheint mir daher viel leichter, den Cellophanstreifen abzuziehen. Eine ungeheure Neugier trieb mich – und nur *dieser* Neugier wegen habe ich es getan. Ich musste versuchen, ob man nicht den Streifen, ohne Spuren zu hinterlassen, abziehen könnte.

Nun war der Deckel zwar fest und glatt, doch trotzdem wurden einige Fasern losgerissen, und obwohl ich mich sehr geschickt anstellte, blieben am Ende doch feine Spuren zurück. Wenn nur die Stelle, über die der Streifen geklebt war, schadhaft geworden wäre, ginge es noch, aber beim Abreißen wurden auch die Ränder beschädigt, und es lässt sich nicht mehr verbergen, dass sich jemand daran zu schaffen gemacht hat. Ich habe natürlich einen neuen Streifen darübergeklebt, doch wird er es ohne Zweifel merken und mir vorwerfen, ich hätte sein Tagebuch aufgebrochen und darin gelesen. Aber ich wiederhole, was ich schon oft gesagt habe, und ich beschwöre es bei allen unseren Göttern: Ich habe nicht einen einzigen Buchstaben darin gelesen. Er weiß, dass ich keine zweideutigen Geschichten hören mag, und darum will er sich wahrscheinlich in dieser Form mit mir unterhalten; gerade deshalb will ich es nicht lesen, ja, es widert mich richtig an. Ich öffnete das Buch lediglich, um die Breite der beschriebenen Blätter zu messen. Es war die reine Neugier, sonst nichts. Meine Augen waren wohl auf die Blätter gerichtet, die in eiligen Zügen mit Tinte (nicht mit Tusche) und mit feinen, nervösen Buchstaben beschrieben waren, doch es war eher wie das Krabbeln von Ameisen, und ich erkannte nichts, und dann sah ich auch gleich wieder weg. Heute jedoch bemerkte ich, dass einige obszöne Bilder hineingeklebt waren. Ich schloss verwirrt die Augen und blätterte eilends die Seiten um.

Was war das? Woher kamen diese Bilder, und warum waren sie hier eingeklebt? … Wollte er sie mir zeigen? Wer war dann aber die weibliche Gestalt auf den Bildern?

Eine furchtbare Ahnung durchzuckte mich. In letzter Zeit hatte ich mehrmals geträumt, dass unser Zimmer mitten in der Nacht plötzlich für ein paar Sekunden hell erleuchtet wurde. Beim Aufwachen dachte ich, mir habe geträumt, dass mich jemand mit Blitzlicht fotografiert hat. Seltsamerweise schien mir dieser »jemand« einmal Kimura und dann wieder er zu sein. Sollte es so sein? Was ich für einen Traum hielt, war gar kein Traum? Dann hat wahrscheinlich er mich fotografiert, Kimura kann es unmöglich gewesen sein. Jetzt erinnere ich mich, wie er einmal zu mir gesagt hat: »Du weißt gar nicht, wie wunderbar, wie schön dein eigener Körper ist. Ich möchte dich einmal knipsen und es dir zeigen.«

Ja, sicher sind es Aufnahmen von mir …

Manchmal, wenn ich bewusstlos werde, habe ich, sehr undeutlich und verworren, das Gefühl, als ob man mich entkleidete. Bis jetzt hielt ich es für eine Täuschung; wenn diese Bilder aber von mir stammen, sagt mein Gefühl eben doch die Wahrheit.

Bei Bewusstsein würde ich solche Sachen natürlich nicht erlauben, doch wenn diese Aufnahmen ohne mein Wissen gemacht werden, kann ich mich schlecht dagegen wehren. Jedenfalls finde ich es geschmacklos von ihm, dass er sich an dem Anblick meines Körpers ergötzt. Ich halte es jedoch für die Pflicht einer treuen Ehefrau, es zu erdulden, wenn ihr Mann Gefallen daran findet, sie ohne ihr Wissen zu entkleiden.

Wenn ich mir vorstelle, ich wäre eine ehrsame Frau der Feudalzeit, die ihrem Gatten Gehorsam geschworen hat, so müsste ich seinen Befehl ausführen, wenn er mir auch noch so zuwider und anstößig erschiene, und ich hätte es damals auch sicher freudig getan. Wenn ich überdies noch bedenke, dass er nur durch solche wahnwitzigen Spielereien genügend gereizt wird und jene Kraft findet, die mich befriedigt, so kann ich wohl nichts dagegen haben. Ich tue dann eigentlich nur meine Pflicht. Dafür, dass ich auf der einen Seite seine sittsame und gehorsame Frau bin, entschädigt er mich, indem er mein unersättliches Begehren stillt. Aber warum gibt er sich nicht damit zufrieden, mich zu entkleiden, sondern fotografiert mich noch obendrein und klebt die vergrößerten Bilder in sein Tagebuch? Steckt dahinter nicht die Absicht, sie mir vor Augen zu halten? Weiß nicht gerade er, der mich so gut kennt, dass in meinem Herzen die größte Scham und die größte Wollust nebeneinanderwohnen?

Wem hat er die Bilder zur Vergrößerung übergeben? War es denn wirklich notwendig, dass man solche Dinge den Blicken fremder Leute aussetzt?

Spielt er nur mit mir, oder hat das alles eine tiefere Bedeutung? Hat mein Mann, der stets über mein »vornehmes Gehabe« spottet, etwa die Absicht, mir damit meine törichte Schamhaftigkeit auszutreiben?

10. März

Ich weiß nicht, ob es richtig ist, so etwas zu Papier zu bringen, und ich bin mir im Zweifel über die Folgen, wenn meine Frau es zu lesen bekommt; aber offen gestanden, zeigt sich – oder besser gesagt, mir ist so, als fühlte ich – eine gewisse Art von geistigen und körperlichen Störungen. Ich sage: »mir ist so, als fühlte ich«, weil es mir meist wie eine nicht ganz ernsthafte Art von Neurose vorkommt.

Es ist nicht gesagt, dass der Gott der Liebe meine Natur weniger reich ausgestattet hat als den Durchschnitt der übrigen Männer. Aber nachdem ich die mittleren Jahre überschritten habe, hat sich meine Energie zu früh verbraucht, um dem unmäßigen Begehren meiner Frau noch gewachsen zu sein. Heute ist meine Konkupiszenz sehr schwach und selten geworden. Oder ich möchte es lieber so ausdrücken: Ich habe zwar ein großes Verlangen, doch mir fehlt die körperliche Frische, es zu beweisen. Daher versuche ich, mit unnatürlichen medizinischen Mitteln meine Gefühle gewaltsam so aufzuputschen, dass ich es noch mit meiner übermenschlich starken Frau aufnehmen kann. Manchmal aber überfällt mich Furcht, wie lange das überhaupt noch dauern kann.

Die vergangenen zehn Jahre bin ich ein Schwächling gewesen, der seiner Frau nicht gewachsen war. Aber in der letzten Zeit hat sich das geändert. Anfang des Jahres habe ich jenes überraschende Reizmittel, das »Kimura« heißt, zu benutzen gelernt, und dazu noch ein Zaubermittel, das Cognac heißt, gefunden, und im Augenblick erfreue ich mich einer wunderbar starken und gesunden Männlichkeit. Überdies habe ich Professor Aiba um Rat gefragt, wie ich meine Kräfte auffrischen könnte, und ich bekomme jetzt jeden Monat einmal eine Hormonspritze. Das scheint mir jedoch nicht zu genügen, und ich nehme jeden dritten bis vierten Tag eine Spritze mit 500 Einheiten eines besonders wirksamen Hypophysenhormons. (Diese Spritzen gebe ich mir selber ohne Wissen Professor Aibas.) Ich glaube aber nicht, dass es die Medizin ist, die mich in einer so ungewöhnlich virilen Kondition erhält, sondern sicherlich liegt es an meiner seelischen Erregung. Die heftige Leidenschaft, die die Eifersucht in mir entfacht, der Anblick des weißen, nackten Körpers meiner Frau in ihrer Ohnmacht, diese Dinge regen stärker an als alles andere, treiben mich weiter und weiter und führen bis an die Grenze des Irrsinns. Einstweilen bin ich tatsächlich ausschweifender als meine Frau.

Ich kann eine Regung der Dankbarkeit nicht unterdrücken, wenn ich bedenke, dass ich Nacht für Nacht in einer Ekstase schwelge, von der ich mir bisher nicht einmal habe träumen lassen; aber gleichzeitig überfallen mich düstere Vorahnungen, dass solch ein Glück nicht ewig währen kann und es sich irgendwann rächen muss und dass Minute für Minute mein Lebensfaden kürzer wird. Schon bemerke ich an Geist und Körper Erscheinungen, die wie Vorzeichen dieser Rache sind – und nicht nur vereinzelt und nicht nur hie und da. Etwas Sonderbares ereignete sich zum Beispiel vorige Woche am Montagmorgen. Kimura kam auf dem Wege zur Schule bei uns vorbei, und ich stand von meinem Bette auf und wollte in das Esszimmer gehen. Als ich mich aufrichtete, sah ich plötzlich alle Dinge um mich herum, den Kamin, die papiernen Türen, die Schiebetüren, die Querbalken des Gesimses, die Pfosten, kurz, alles ganz schwach doppelt. Ich bin nun wohl in das Alter gekommen, wo die Augen nachlassen, dachte ich und fuhr mir über das Gesicht. Doch die Erscheinung blieb, es konnte keine gewöhnliche Altersschwäche sein.

In meinem Sehorgan muss eine abnorme Veränderung vor sich gegangen sein. Bisher bekam ich im Sommer zwar öfters leichte Schwindelanfälle infolge von Hirnanämie, aber es ist klar, dass dies heute keine Hirnanämie war. Bei Schwindelanfällen stellt sich der normale Zustand nach zwei bis drei Minuten wieder ein, dieses Doppeltsehen jedoch hörte nicht wieder auf. Die Rahmen der Schiebetüren, die Schnittlinien der Bretter an der Zimmerdecke, die Zementfugen der Kacheln im Bad und in der Toilette, all das sah ich doppelt und ein wenig verzerrt. Das Auseinandertreten der Verdoppelung und die Ungenauigkeiten der Verzerrung waren nur gering und behinderten mich nicht in meinen Bewegungen; es fiel auch anderen Leuten nicht auf, sodass ich es einfach auf sich beruhen ließ. Aber seit jenem Montag dauert der Zustand ununterbrochen an. Obwohl es mich nicht behindert und auch nicht schmerzt, kann ich nicht leugnen, dass mir ein wenig unheimlich zumute ist. Vielleicht sollte ich zum Augenarzt gehen, doch fürchte ich, es ist keine bloße Sehstörung, sondern diese Erscheinungen haben ihren tieferen, lebensgefährlichen Grund, und deshalb habe ich Angst, zum Arzt zu gehen. Und außerdem glaube ich, es ist hauptsächlich eine Nervensache, wenn mir schwindlig wird und ich das Gleichgewicht verliere und nach rechts oder links umzufallen drohe. Ich weiß zwar nicht, wo die Nerven laufen, die für das Gleichgewicht sorgen; aber ich habe immer ein Gefühl im Hinterkopf, genau oberhalb des Rückgrates, als sei dort ein Hohlraum entstanden, und um diese Stelle scheint sich mein Körper seitwärts zu drehen. Wenn ich wollte, könnte ich das als ein bloß neurotisches Symptom betrachten, doch gestern geschah noch etwas anderes Merkwürdiges.

Am Nachmittag um drei Uhr wollte ich Kimura anrufen – da konnte ich mich wahrhaftig nicht mehr an die Telefonnummer der Schule erinnern, mit der ich doch fast jeden Tag telefoniere. Es gibt wohl Augenblicke, da einem plötzlich etwas entfällt, aber dies hier war nicht ein gelegentliches Vergessen, sondern glich einem vollkommenen Gedächtnisschwund. Die Amtsnummer, ja, sogar der Name des Amtes, an nichts mehr konnte ich mich erinnern. Ich erschrak, ich war aufs Äußerste bestürzt. Ich versuchte, mir wenigstens den Namen der Schule ins Gedächtnis zu rufen, doch auch das gelang nicht. Mein Entsetzen wuchs, als ich nachdachte, wie Kimura mit Vornamen hieß, und ich mich auch dessen nicht entsinnen konnte. Sogar der Name unserer alten Dienerin, die seit vielen Jahren bei uns im Hause ist, kam mir nicht in den Sinn. Zwar hatte ich noch nicht vergessen, dass meine Frau Ikuko hieß und unsere Tochter Toshiko, der Name des verstorbenen Vaters meiner Frau jedoch und der Name der Mutter waren mir ebenfalls entfallen. Auf den Namen der Familie, bei der Toshiko wohnt, konnte ich mich nicht besinnen, obgleich ich genau wusste, dass es eine französische Dame ist, die einen Japaner zum Manne hat, und dass sie an der Doshisha-Universität lehrt. Das Jämmerlichste war, dass ich den Namen der Straße, in der wir wohnen … ich wusste zwar, dass sie im Stadtteil Sakyoku lag, aber den Namen Yoshidauchi-no-miya hatte ich vergessen.

Mich überkam furchtbare Angst. Wenn dieser Prozess weiterginge und meine Vergesslichkeit langsam immer schlimmer würde, so könnte ich meinen Beruf als Universitätsprofessor nicht länger ausüben. Nicht nur dies, ich könnte auch nicht mehr allein ausgehen, und es wäre unmöglich, jemanden zu empfangen, und schließlich würde ich zum geistigen Krüppel werden. Noch ist es nicht so weit. Im Augenblick erstreckt sich mein Gedächtnisschwund nur auf die Namen von Menschen und Örtlichkeiten; Tatsachen hingegen habe ich noch nicht vergessen. Zwar konnte ich mich nicht mehr auf den Namen jener Französin besinnen, doch dass eine Französin existiert und irgendwo in Kyoto lebt und dass Toshiko sich bei ihr eingemietet hat, das wusste ich. Jedenfalls sind die Nervenbahnen, die die Namen der Menschen oder Dinge vermitteln, gelähmt, nicht aber das ganze System meiner Sinnesorgane und ihrer zentralen Übertragung.

Zum Glück dauerte die Lähmung nur zwanzig bis dreißig Minuten, und bald darauf wurden die versperrten Nervenbahnen wieder freigegeben. Das abhandengekommene Gedächtnis stellte sich wieder ein, und alles war wieder beim Alten. In dieser kurzen Zwischenzeit ertrug ich ganz allein die Angst der Ungewissheit, wie lange die

Lähmung anhalten würde. Ich sprach mit niemandem darüber, und keiner merkte etwas. Danach hat sich nichts mehr ereignet, und es geht mir gut, aber die Sorge, dass solch ein Zustand mich jederzeit wieder befallen kann, und nicht nur für zwanzig bis dreißig Minuten, sondern für einen ganzen Tag oder zwei, vielleicht sogar für ein Jahr oder zwei, unter Umständen sogar für den Rest meines Lebens, diese Sorge ist auch jetzt noch nicht von mir gewichen.

Wenn meine Frau dies liest, wie wird sie sich wohl verhalten? Wird sie an meine Zukunft denken und sich eine gewisse Mäßigung auferlegen?

Ich glaube nicht daran. Gesetzt, ihre Vernunft würde ihr gebieten, sich zu zügeln, so wird ihr unersättlicher Körper doch nicht darauf hören und, nach Befriedigung verlangend, nicht eher einhalten, bis ich ins Verderben gestürzt bin. »Was glaubt er nur! Jetzt, da es endlich gut geht, kann er nicht durchhalten und kapituliert. Er will mich nur einschüchtern, damit ich mit meinen Ansprüchen ein wenig zurückhaltender bin« – so ungefähr wird sie wohl denken.

Aber was rede ich nur, eigentlich bin ich es jetzt, der die Herrschaft über sich verloren hat. Ich gehöre von Natur aus nicht zu den Helden, was Krankheiten anbetrifft, eher bin ich feige, doch hierin habe ich zum ersten Mal in meinem sechsundfünfzigjährigen Leben den Wert des Lebens gefunden und bin darum in gewisser Hinsicht sogar entschlossener und ungestümer als sie …

14. März

... Am Vormittag, als mein Mann nicht zu Hause war, kam Toshiko und sagte: »Mama, ich muss mit dir sprechen.«

Sie machte ein sehr ernstes Gesicht. Ich fragte sie, was denn sei. Sie sah mir fest in die Augen: »Gestern sah ich bei Kimura die Fotografien.«

Ich wusste aber noch nicht, was sie damit meinte, und fragte noch einmal.

»Mama, ich halte in jeder Lage zu dir, nur sage mir die Wahrheit.« Sie hatte gestern mit Kimura ausgemacht, ein französisches Buch in seiner Wohnung abzuholen, und klopfte bei ihm an. Kimura war nicht zu Hause, und so ging sie in sein Zimmer und nahm das gewünschte Buch aus dem Schrank. Dabei fielen einige Fotografien im Großformat heraus.

»Mama, was haben diese Bilder zu bedeuten?« Sie ließ nicht locker. »Warum verbirgst du es mir?«, fragte sie. Dass die Bilder höchstwahrscheinlich identisch sind mit denen, die er in sein Tagebuch eingeklebt hat, und dass diese Bilder, wie ich fürchtete, Aufnahmen meines schmachvoll entehrten Leibes sind, das ahnte ich natürlich sehr wohl. Doch ich konnte in der Eile nicht gleich eine passende Antwort finden, um Toshiko die Sache zu erklären. Es war anzunehmen, dass sie etwas noch viel Niederträchtigeres dahinter vermutete. Toshiko musste die Szenen, die sie gesehen hatte, als eindeutige Beweise für ein unerlaubtes und verwerfliches Verhältnis zwischen Kimura und mir verstehen. Ich hätte mir sofort die Mühe machen müssen, um Kimuras und meines Mannes willen und auch meiner eigenen Ehre zuliebe die ganze Sache aufzuklären, aber hätte ich auch die Zusammenhänge der Wahrheit getreu erzählt, es wäre immer noch fraglich gewesen, ob Toshiko mir Glauben geschenkt hätte. So versuchte ich, Zeit zu gewinnen, und dachte erst ein wenig nach, bevor ich zu sprechen anfing.

»Es wird dir unglaubhaft erscheinen, aber ich habe bis jetzt, wo du es mir sagst, nicht gewusst, dass solche Aufnahmen meines schändlichen Leibes überhaupt existieren. Wenn es sie wirklich gibt, muss Papa sie aufgenommen haben, während ich bewusstlos war, und Kimura wurde von ihm lediglich beauftragt, sie zu entwickeln. Ich habe mit Kimura kein Verhältnis, das kann ich beschwören. Ich überlasse es deiner Fantasie, dir auszumalen, warum Papa mich bewusstlos gemacht und dann diese Bilder aufgenommen hat und warum er sie nicht selbst entwickelte, sondern Kimura darum bat. Es fällt mir sehr schwer, über dergleichen im Angesicht meiner Tochter zu sprechen. Bitte, frage mich also nicht weiter. Vor allen Dingen aber glaube mir: Ich habe mich nur Papas Willen untergeordnet, und ich halte es für meine Pflicht, Papa treu und gehorsam zu sein. Ich habe gegen meinen Willen getan, was er wollte. Es wird für dich schwer verständlich sein, aber deiner Mutter, die in einer altmodisch-moralischen Denkweise erzogen wurde, blieb keine andere Wahl. Wenn die Bilder des nackten Körpers deiner Mutter Papa so erfreuen können, so wird Mama ihre Scham unterdrücken und sich gerne vor die Kamera stellen, umso mehr, wenn diese Kamera von niemand anderem als Papa bedient wird.«

»Mama, ist es dir denn ernst mit dem, was du sagst?«, fragte Toshiko fassungslos.

»Selbstverständlich«, antwortete ich.

»Mama, ich verachte dich«, rief sie in aufgebrachtem Ton.

Ein klein wenig machte es mir auch Freude – ich verhehle es nicht –, Toshiko zu ärgern, und ich habe wohl meine ehrbare Gesinnung etwas übertrieben.

»Mama, du bist das Muster einer tugendhaften Frau«, sagte Toshiko mit einem ärgerlichen Gesicht, über das ein kaltes, spöttisches Lächeln huschte. Sie fand Papas Verhalten, als er das Entwickeln der Bilder Kimura überließ, äußerst merkwürdig und konnte es nicht lassen, ihn mit Vorwürfen zu überhäufen: »Warum beleidigt er dich ohne Grund, und warum quält er Kimura?«

»In so etwas hat sich eine Tochter nicht einzumischen«, wehrte ich ab. »Du behauptest, Papa hätte mich beleidigt, aber ist das denn wirklich der Fall? Ich empfinde es nicht so. Papa liebt mich noch immer heiß und innig. Ich glaube, er wollte sich, als er die Bilder Kimura zeigte, vergewissern, ob deine Mama einen für ihr Alter wirklich so schönen Körper besitzt, dass ihn auch andere Männer begehrenswert finden. Solche Gefühle sind vielleicht ein wenig krankhaft, aber ich verstehe sie.«

Ich fühlte die Notwendigkeit, ihn zu verteidigen, und ich bin überrascht, wie gut es mir gelang, über diese Dinge zu sprechen, die man doch sehr schwer ausdrücken kann. Ich darf nun wohl auch mit Recht hoffen, dass er, der mein Tagebuch sicher heimlich liest, mir nachfühlt, wenn er an diese Stelle kommt, was für Mühe es mich gekostet hat, ihn in Schutz zu nehmen.

»Glaubst du, dass dies seine einzigen Gefühle sind? Papa weiß ganz genau, was Kimura von dir denkt. Es ist sehr boshaft von Papa, so etwas zu tun«, behauptete Toshiko. Ich gab darauf keine Antwort.

»Gerade Kimura würde niemals aus Versehen solche Fotografien in das besagte Buch hineingelegt haben«, ereiferte sich Toshiko. Sie nehme an, dass Kimura seine Gründe dafür hatte und dass er ihr höchstwahrscheinlich damit etwas zu verstehen geben wollte. Dann sprach sie von ihren diesbezüglichen Beobachtungen über Kimura, die ich aber aus Rücksicht gegen meinen Mann hier verschweigen möchte.

18. März

… Da ich an einem Essen teilnahm, das zu Ehren meines Freundes Sasaki anlässlich seiner Rückkehr aus Europa gegeben wurde, kam ich erst um zehn Uhr nach Hause zurück. Es wurde mir gesagt, dass meine Frau gegen Abend ausgegangen sei. Wahrscheinlich ist sie im Kino, dachte ich und stieg in mein Arbeitszimmer hinauf. Wie immer machte ich die täglichen Eintragungen in mein Tagebuch. Kurz nach elf war sie noch nicht zurück. Um halb zwölf kam ein Anruf von Toshiko: »Komm doch bitte auf einen Sprung herüber.«

»Wo bist du denn?«, fragte ich zurück.

»Ich bin in Sekitamachi.«

»Weißt du, wo Mama ist?«

»Ja, sie ist hier.«

»Sage ihr doch, es sei schon spät, und sie möge nach

Hause kommen. Baya hat eben das Haus verlassen, und ich bin allein.«

Plötzlich begann die Stimme am Telefon zu wispern. »Mama ist hier im Badezimmer ohnmächtig geworden. Darf ich Dr. Kodama holen lassen?«

»Ist noch jemand bei dir?«, fragte ich.

»Wir sind zu dritt«, war die Antwort. »Ich werde dir alles nachher erklären. Jetzt eilt es mit der Spritze. Wenn du nicht kommen kannst, werde ich Dr. Kodama anrufen.«

»Toshiko, den Doktor brauchst du nicht anzurufen. Ich werde Mama die Spritze geben. Du musst aber erst hierherkommen, denn ich kann das Haus nicht allein lassen.«

Seit einiger Zeit habe ich ständig mehrere Vita-Kampferspritzen in meinem Schreibtisch, und ohne auf Toshiko zu warten, machte ich mich auf den Weg. (Als ich die Tür hinter mir schloss, durchzuckte mich für einen Augenblick die Furcht, dass jener Gedächtnisschwund von neulich mich wieder überfallen könnte.) Ich kannte zwar das Haus in Sekitamachi, war aber noch nie drin gewesen. Toshiko wartete an der Pforte auf mich und geleitete mich gleich durch den Garten zu dem Flügel, in dem sie wohnte.

»Ich gehe jetzt euer Haus hüten«, sagte sie und verschwand in der Dunkelheit.

»Es tut mir leid, dass Sie sich geängstigt haben«, begrüßte mich Kimura. Ich verlangte keine Erklärung von ihm. Von sich aus sagte er kein Wort über den Vorfall. Vor dem Klavier hatte man ein behelfsmäßiges Nachtlager ausgebreitet, und darauf lag meine Frau. Daneben auf einem niedrigen Tisch standen Gläser und Teller in tollem Durcheinander. Hinter ihrem Kopf an der Wand hing der gute Kimono meiner Frau auf einem Kleiderbügel von Toshiko, der mit Blümchen und Spitzen verziert war. Meine Frau hatte nur einen Unterkimono an. Sie kleidet sich zwar für ihre Jahre ziemlich jung, aber dieser Unterkimono erschien mir heute besonders bunt. Vielleicht ließen mich die Umstände, der ungewohnte Ort und die nächtliche Stunde das noch heftiger empfinden als sonst. Ihr Puls ging wie immer, wenn sie in diesem Zustand ist.

»Ich habe Ihre Frau hierhergebracht. Toshiko hat mir dabei geholfen«, sagte Kimura kurz und ohne Betonung. Sie hatten sie wahrscheinlich schon abgerieben, aber ihr Körper war noch feucht, und der Unterkimono klebte vor Nässe. Die Gürtelschleife war nicht zugebunden. Etwas fiel mir besonders auf: Ihr Haar war offen und hing über den nassen Kragen herab. Wenn sie sonst ohnmächtig wurde, war ihr Haar stets hochgebunden und nie so aufgelöst wie jetzt. Vielleicht ist es Kimuras Geschmack, dachte ich. Kimura schien in diesem Hause gut Bescheid zu wissen und brachte aus dem Badezimmer eine Waschschüssel und andere Utensilien, setzte heißes Wasser auf und half mir, die Spritze zu desinfizieren.

»Ich kann meine Frau doch unmöglich hier schlafen lassen«, sagte ich nach ungefähr einer Stunde.

»Die Leute hier im Hause gehen früh schlafen, und Madame scheint nichts zu wissen«, entgegnete Kimura.

Ihr Puls ging nun viel ruhiger, ich entschloss mich, sie nach Hause zu bringen, und bat Kimura, ein Taxi zu holen.

»Ich werde sie bis vor das Haus bringen«, sagte Kimura, als er zurückkam, und bot sich an, sie zu tragen. Ich nahm meine Frau auf den Arm und hob sie in ihrem Unterkimono auf Kimuras Schultern. Dann nahm ich Oberkimono und Mantel vom Bügel und deckte sie damit zu. Wir durchquerten den Garten und gingen bis zur Pforte, wo der Wagen stand, und legten sie mit vereinten Kräften auf den hinteren Sitz. Es war ein kleines 60-Yen-Taxi, und Kimura musste sich neben den Chauffeur setzen. Der Cognacgeruch haftete noch an den nassen Kleidern meiner Frau, und die schwüle Luft in dem engen Wagen drohte uns zu ersticken. Ich hielt meine Frau umschlungen, vergrub mein Gesicht in ihrem kalten Haar, umspannte ihre Füße mit meiner Hand und küsste sie. (Kimura hat es sicher nicht gesehen, aber vielleicht hat er es geahnt.) Er half mir, sie in das Schlafzimmer zu tragen.

»Herr Professor, bitte haben Sie Vertrauen zu mir, was die Vorgänge des heutigen Abends angeht. Ihre Tochter weiß über alles Bescheid. Darf ich mich für heute verabschieden?«, fragte er, mitten im Zimmer stehend, aber ich brummte nur ein kurzes »Ja, schon gut«.

Nachdem Kimura gegangen war, fiel mir ein, dass Toshiko das Haus hüten wollte und noch da sein musste. Ich ging ins Esszimmer und in Toshikos ehemaliges Zimmer, doch sie war nirgends zu finden.

Als ich gemeinsam mit Kimura Ikuko aus dem Wagen hob, hatte ich sie noch am Eingang gesehen, aber wahrscheinlich war sie dann gleich in ihre Wohnung in Sekitamachi zurückgekehrt. Ich ging in mein Arbeitszimmer hinauf und trug unverzüglich alles, was sich heute zugetragen hatte, in mein Tagebuch ein. Das Herz schlug mir in Erwartung der tausendfältigen Lust, die ich bald erfahren würde …

19. März

… Bis zum Morgengrauen habe ich kein Auge zugetan. Darüber nachzudenken, was der gestrige Vorfall zu bedeuten habe, bereitete mir eine Lust, die fast an Quälerei grenzte. Ich bekam weder von Kimura noch von Toshiko oder meiner Frau eine Erklärung. Es bot sich allerdings kaum eine Gelegenheit dazu, und außerdem hatte ich es nicht allzu eilig, mir eine Erklärung anzuhören. Es machte mir Vergnügen, allein darüber nachzudenken, bevor ich etwas Sicheres erfuhr. So muss es gewesen sein – nein, so war es bestimmt nicht, sondern so – in wildem Wirbel wechselten die Vorstellungen, bis Eifersucht und Zorn in mir wach wurden und aus der Tiefe meines Körpers eine grenzenlose Begierde aufstieg. Aber ich wusste, dass diese Wollust schwinden würde, sobald ich auf die Wahrheit stieß. Kurz vor Tagesanbruch begann meine Frau wieder zu lallen. »Kimura, du.« Bald lauter, bald leiser, bis sich nur noch die Lippen bewegten. Stoßweise wiederholte sie es wieder und wieder. In einer Pause, als die Stimme erlosch und ehe sie wieder anhob, begann ich …

Im Nu waren Eifersucht und Zorn wie weggeblasen. Es gab keine Frage mehr, ob meine Frau ohnmächtig war oder wach oder ob sie sich gar schlafend stellte; ich wusste nicht mehr, ob ich ich war oder Kimura … In diesem Augenblick hatte ich das Gefühl, dass ich in die Welt der vierten Dimension eindrang. Jäh wurde ich emporgehoben, hoch und immer höher, bis zum letzten Gipfel, wo ein unfassbarer Gott thront. Das Vergangene war nur mehr Schein. Hier war die wahrhaftige Existenz. Meine Frau und ich, wir hielten uns umschlungen, einsam und nur wir zwei …

Vielleicht muss ich jetzt sterben, aber dieser Augenblick war die Ewigkeit …

19. März

… Der Ordnung halber möchte ich die gestrigen Ereignisse hier festhalten. Ich wusste, dass er erst abends zurückkommen würde, und sagte ihm Bescheid: »Wir wollen uns heute Abend einen neuen Film anschauen.«

Um halb fünf kam Kimura, um mich abzuholen, aber Toshiko erschien erst eine halbe Stunde später. »Du kommst spät«, sagte ich.

»Die Zeit liegt so dumm. Ist es nicht besser, wenn wir vorher noch essen, Mama? Ich möchte dich heute bei mir zum Abendbrot einladen. Du hast es dir noch nie so recht gemütlich in meiner neuen Wohnung gemacht«, sagte Toshiko. »Ich habe schon ein Pfund Hühnerfilet gekauft«, fuhr sie fort und zog mich und Kimura aus dem Hause; sie war mit verschiedenen Gemüsen und anderen Waren beladen. Beim Weggehen nahm sie noch eine halbe Flasche Courvoisier mit und meinte: »Die spendierst du uns doch?«

Ich protestierte: »Heute Abend ist Papa nicht mit uns. Es ist besser, wenn du die Flasche hierlässt.«

»Das Essen wird nur halb so nett, wenn wir keinen Cognac haben.«

»Du brauchst dir überhaupt keine Umstände zu machen. Wir gehen heute Abend sowieso in den Film, und dann ist ein einfaches Essen das beste.«

»Sukiyaki-Topf ist am einfachsten«, sagte Toshiko und setzte ihren Willen durch. Wir rückten zwei kleine Tische neben dem Klavier zusammen und stellten einen Gaskocher darauf. (Die Pfanne und den Kocher entliehen wir uns bei der Wirtin.) Wir machten uns gleich daran, das Gemüse zu zerkleinern und zusammen mit dem Fleisch zu schmoren. Zu meinem Erstaunen war mehr als die sonst für drei Personen übliche Menge da und nicht nur die gewöhnlichen Zutaten wie Porree, Konyaku und Tofu, sondern auch Chinakohl, Lilienwurzeln und viele andere seltene Sachen. Toshiko brachte diese Delikatessen nicht auf einmal, sondern in kleinen Mengen und ging nachfüllen, wenn wir sie verspeist hatten. Sogar das Fleisch schien mir weit mehr als ein Pfund zu sein. Natürlich dauerte das Essen sehr lange, und der Cognac machte die Runde.

»Eine rechte Seltenheit, Fräulein Toshiko, dass Sie uns Cognac einschenken«, bemerkte Kimura mit einem scheuen Blick und sprach dem Alkohol mehr als gewöhnlich zu. In einem passenden Augenblick meinte Toshiko beiläufig:

»Für den Film ist es inzwischen wohl zu spät geworden.«

Auch ich hatte schon zu viel getrunken, als dass ich den Ereignissen auf der Leinwand noch hätte folgen können. Das gebe ich zu. Trotzdem hatte ich nicht das Empfinden, das Maß überschritten zu haben. Es geht mir nämlich stets so: Ich kann meinen Rausch sehr gut unterdrücken, und bis zu einem bestimmten Punkt bleibe ich ganz nüchtern; erst wenn ich darüber hinaus trinke, wird es plötzlich gefährlich.

Am Anfang war ich vorsichtig und dachte mir sogar im Stillen: Heute Abend will Toshiko dich betrunken machen. Obwohl ich also einerseits auf der Hut war, will ich doch auch wieder nicht leugnen, dass ich die Erwartung – oder wenigstens die Hoffnung – hegte, sie möchte es tun. Ob die Sache allerdings zwischen Toshiko und Kimura abgesprochen war, weiß ich nicht. Es hätte auch keinen Zweck, die beiden zu fragen, denn darüber würden sie natürlich schweigen. Immerhin bemerkte Kimura: »Dürfen wir eigentlich in Abwesenheit des Professors dem Cognac so zusprechen?«

Aber seit die Dinge sich im neuen Jahr so verändert haben, äußert er nur noch anstandshalber solche Bedenken gegen den Cognac, und außerdem kann er eine ganze Menge vertragen. Wir schenkten uns also gegenseitig ein und ließen es uns gut schmecken. Ich bin sicher, nicht gegen den Willen meines Mannes gehandelt zu haben, wenn ich mit Kimura zusammen trank, und so dachte wohl auch Kimura. Dass ich allerdings einzig und allein beabsichtigte, meinen Mann zu reizen und aufzustacheln, darf ich wohl nicht sagen; doch die Eifersucht in ihm wecken hieß ihn glücklich machen, und dieser Gedanke erleichterte mein Herz, und ich trank ein Glas nach dem anderen.

Da ich nun aber mit meinen Aufzeichnungen so weit gegangen bin, muss ich um der Wahrheit willen auch eins ganz eindeutig feststellen: Bis zur Liebe habe ich es mit Kimura noch nicht kommen lassen, obgleich es gewiss ist, dass ich ihn gern sehe. Allerdings ist es schon so weit, dass ich ihn lieben könnte, wenn ich nur wollte. Es war wohl notwendig, bis zu diesem Punkt zu gehen, um in meinem Mann die Eifersucht zu wecken, doch wäre es sicher nicht so weit mit meinen Gefühlen gekommen, hätte ich nicht von Anfang an eine Zuneigung zu Kimura gefasst. Bis heute habe ich eine scharfe Linie gezogen, über die hinaus ich keinen Schritt zu tun wagte, doch von nun an kann alles anders werden. Es könnte sein, dass ich sie übertrete. Ich hoffe, mein Mann wiegt sich hinsichtlich meiner ehelichen Treue nicht in allzu großer Sicherheit. Seinem Wunsche entsprechend, habe ich es bis zum Äußersten kommen und die harte Prüfung über mich ergehen lassen, doch jetzt bin ich meiner nicht mehr sicher …

Ja, wenn ich ehrlich sein soll, ich bin neugierig, Kimura mit meinen eigenen Augen und ohne das verwirrende Dazwischentreten meines Mannes nackt vor mir zu sehen – o ja, Kimura, der, wenn ich glaubte, ihn in den Armen zu haben, plötzlich mein Mann war, und der dann wieder Kimura war, wenn ich glaubte, es sei mein Mann.

Ohne dass den anderen etwas auffiel, merkte ich, wie jäh der Rausch zu kreisen begann, und ich versteckte mich in der Toilette.

»Mama, das Bad ist heiß. Madame hat schon gebadet. Wie wäre es mit dir? Willst du nicht …«, rief Toshiko von draußen. Mit schwindenden Sinnen dachte ich noch, ich würde bewusstlos werden, wenn ich ins Bad ginge; und wer mich in die Arme nehmen und hinaustragen würde, würde nicht Toshiko, sondern Kimura sein. Vage erinnere ich mich, wie Toshiko einige Male wiederholte: »Mama, geh ruhig ins Bad!« Ich tastete mich an den Wänden entlang ins Badezimmer, öffnete die Glastür und entkleidete mich. Was danach geschah, ist mir völlig aus dem Bewusstsein entschwunden …

24. März

Gestern Abend ist meine Frau wieder in Toshikos Wohnung bewusstlos geworden. Nach dem Abendessen holten die beiden meine Frau ab, um mit ihr ins Kino zu gehen, wie sie behaupteten. Um elf Uhr war sie noch immer nicht zurück, und ich ahnte schon, dass etwas geschehen war. Als es immer später wurde, wollte ich schließlich telefonieren, doch kam mir das zu dumm vor, und ich wartete darauf, dass sie mich anriefen. (Wie schwer mir das Warten fiel und wie ungeduldig ich wurde und wie mein Herz vor Erregung pochte, wer wird mir das glauben?) Endlich, nach Mitternacht, erschien Toshiko, allein. Sie hatte das Taxi vor der Tür warten lassen und sagte bloß: »Es ist schon wieder passiert mit Mama.«

Nach dem Kino (ob das mit dem Kino stimmt, ist fraglich) hätten Mutter und Tochter Kimura nach Hause begleitet. Vor seiner Tür angelangt, habe er sich dann seinerseits erboten, die beiden nach Hause zu bringen, und zu dritt seien sie bis nach Sekitamachi gegangen, und sie hätten noch auf einen Augenblick bei ihr hereingeschaut. So wenigstens berichtete Toshiko.

Sie hatte schwarzen Tee bereitet, und da im Alkoven

noch die Flasche mit dem Rest des Courvoisier stand, goss sie jedem einen Löffel voll in den Tee. Das war der Anfang. Danach füllten sie sich gegenseitig die Sherrygläser, bis die Flasche leer war. Auch gestern Abend hatte man das Bad vorsorglich geheizt, und alles verlief wie in der vorigen Nacht – so ungefähr lautete Toshikos Bericht, der möglicherweise auch eine Entschuldigung sein sollte.

»Hast du die beiden allein zurückgelassen?«, fragte ich.

»Ja«, sagte sie und sah mir mit ihrem eigenartig hinterhältigen Blick in die Augen. »Man hat das Telefon nicht umgestellt, und es war mir peinlich, zu den Leuten hinüberzugehen und zu telefonieren«, fuhr sie fort. »Und weil wir doch sicher einen Wagen benötigen, habe ich mit Mühe und Not einen aufgetrieben.« Wieder traf mich ein hinterhältiger Blick. »Neulich Abend habe ich zum Glück bald einen gefunden, doch heute dauerte es eine Weile. Ich stand wohl an einer großen Straße, wo der Hauptverkehr durchkommt, aber, meine Güte, es war ja schon so spät und nicht ein Wagen weit und breit zu sehen. Ich ging zu Fuß bis zum Taxistand am Kamogawakanal und musste dort die Leute aus dem Schlaf wecken. Schließlich erschien jemand, und ich bin mit dem Wagen hierhergefahren.«

Wie im Selbstgespräch fügte sie hinzu, obgleich ich sie gar nicht danach gefragt hatte: »Immerhin sind so … zwanzig Minuten vergangen, seit ich das Haus verließ.«

Ich erriet gleich, mit welchem Hintergedanken Toshiko dies sagte, doch ich stellte mich arglos und erwiderte: »Es tut mir leid, dass ich dir so viel Mühe mache. Ich danke dir für alles, was du tust, und pass bitte schön auf das Haus auf.«

Ich packte die Sachen für die Injektion zusammen und stieg in den Wagen. Ich weiß nicht, wie weit die drei diesen Plan in gegenseitigem Einverständnis ausgeheckt haben. Aber sicher war Toshiko der Anführer und hat die beiden mit Absicht allein zurückgelassen und sich auf dem Weg reichlich Zeit genommen. Vielleicht waren es gar nicht zwanzig oder dreißig Minuten. Bestimmt hat sie sich eine ganze Stunde herumgetrieben, bis sie schließlich hierherkam. Ich kann mir das lebhaft vorstellen. Was sich in der Spanne von zwanzig bis sechzig Minuten in jenem Zimmer abgespielt haben könnte, das wagte ich nicht auszudenken, während ich im Wagen nach Sekitamachi unterwegs war.

Meine Frau lag mit demselben Unterkimono bekleidet da wie am Abend zuvor. An der Wand hing der gleiche Überwurf lose auf dem gleichen Kleiderbügel. Kimura brachte eine Schüssel und heißes Wasser. Sie schien stärker betrunken zu sein als das letzte Mal. Aber obgleich sie mit allen Künsten versuchte, sich zu verstellen, war es gestern Nacht besonders deutlich, dass sie Theater spielte. Ich merkte nur allzu gut, dass sie in Wirklichkeit bei vollem Bewusstsein war. Auch ihr Puls schlug verhältnismäßig ruhig. In solchen Fällen gebe ich ihr stets Vitaminspritzen statt einer Kampferspritze, weil es doch lächerlich ist, ihr eine ernsthafte Injektion zu verabreichen.

»Genügt denn diese Spritze, Herr Professor?«, fragte Kimura mit leiser Stimme.

»Heute ist es nicht so schlimm, und dies da genügt vollkommen«, beruhigte ich ihn, und ohne mir noch weiter Gedanken zu machen, steckte ich die Instrumente wieder ein …

… Wieder rief meine Frau häufig und heftig nach Kimura. Doch der Ton, mit dem sie nach ihm rief, war ganz anders. Das waren nicht mehr die gestammelten, abgehackten Wörter wie bisher. Etwas Festes und Entschlossenes schwang in ihrer Stimme, als sie bald flehend vor Verlangen, bald im tiefen Glück des Besitzes seinen Namen wiederholte. Als es zur Ekstase kam, wurde ihre Stimme leidenschaftlicher denn je. Plötzlich fühlte ich einen Biss in meine Zungenspitze … dann noch einmal ebenso heftig in mein Ohrläppchen … So etwas war noch nicht vorgekommen.

Wenn ich bedenke, dass es Kimura ist, der meine Frau an einem einzigen Abend zu einem so wilden Weib gemacht hat, überfällt mich die heftigste Eifersucht, und ich weiß doch gleichzeitig, dass ich ihm sehr dankbar sein müsste. Ja, eigentlich sollte ich sogar Toshiko dankbar sein. Welche Ironie! Toshiko meinte, mich zu quälen, mit dem Erfolg, dass sie mir zu diesen Freuden verhalf … Diese seltsamen Intrigen meines Herzens – sollte es möglich sein, dass Toshiko sie durchschaut hat? …

Heute in der Morgendämmerung nach dem Beischlaf bekam ich einen entsetzlichen Schwindelanfall. Ihr Gesicht, ihr Hals, die Schultern, die Arme, alle ihre Umrisse sah ich doppelt, ja, ihren ganzen Leib sah ich zweimal und übereinandergeschoben. Bald danach muss ich eingeschlafen sein, aber noch im Traum sah ich meine Frau doppelt. Erst erschien sie mir als Ganzes doppelt, bald danach in Viele Teile zerstückelt in der Luft zerstreut. Etwa so: vier Augen, daneben zwei Nasen, ein paar Zentimeter darüber zwei Lippen und so weiter, und alle diese Dinge hatten eine ungemein harte und aufdringliche Farbe …

Der Raum war hellblau, der Kopf schwarz, die Lippen purpurrot, die Nase schlohweiß, und das Schwarz, das Rot und das Weiß waren unendlich viel greller als in Wirklichkeit, so giftig und schreiend wie die Plakatfarben einer Filmreklame. »Meine Schizophrenie muss erschreckend weit fortgeschritten sein, wenn meine Träume mir in so seltsam unwirklichen Farben erscheinen«, dachte ich sehr klar in meinem Traum, während ich eifrig auf meine phantastischen Gesichte starrte. Zwei rechte Beine und zwei linke Beine schwammen gleichsam im Wasser, und ihre Haut war von einer unbeschreiblichen Helle. Doch die Formen waren unverkennbar die meiner Frau. Neben den Beinen schwebten gesondert die Sohlen ihrer Füße. Dann tauchte eine wolkenartige Masse auf, groß und weiß, die sich gerade vor meinen Augen zu einem Berg türmte, und plötzlich erkannte ich darin eine Hüfte. Ihre Umrisse waren die gleichen wie auf jenem Bild, das ich heimlich aufgenommen hatte …

Ich weiß nicht, wie viel Stunden dazwischenlagen; ein anderes Traumgesicht zog an mir vorüber. Am Anfang dieses Traumes war mir, als ob Kimura unbekleidet dastünde. Der Kopf, der ihm gleich am Körper angewachsen war, gehörte bald mir und bald ihm, bald wuchsen ihm unsere beiden Köpfe aus dem Rumpf. Oh, und all dies noch dazu doppelt …

26. März

… Es ist heute schon das dritte Mal, dass ich in Abwesenheit meines Mannes mit Kimura zusammen war.

Gestern Abend stand im Alkoven eine noch ungeöffnete, neue Flasche Courvoisier.

»Hast du sie gekauft?«, fragte ich Toshiko, aber sie schüttelte den Kopf.

»Ich weiß von nichts. Als ich gestern Abend nach Hause kam, stand die Flasche schon da. Ich dachte, Herr Kimura hätte sie gebracht.«

»Ich? O nein. Ich weiß nichts davon«, sagte Kimura. »Sicher war es der Herr Professor. Daran zweifle ich nicht. Bestimmt ein hintergründiger Scherz des Herrn Professor.«

»Wie ironisch von ihm, wenn es wirklich Papa war.«

So stritten die beiden hin und her. Es ist wohl am wahrscheinlichsten, dass es mein Mann war, aber offen gesagt, ich durchschaue die Situation auch nicht ganz. Schließlich war es ja nicht ausgeschlossen, dass Toshiko oder Kimura die Flasche gekauft hatte.

Madame geht jeden Mittwoch und Freitag nach Osaka, um an der dortigen Universität zu unterrichten, und kommt erst gegen elf Uhr zurück. Neulich abends, mitten in unserem Cognac-Gelage, verschwand Toshiko bei Gelegenheit und machte sich drüben bei Madame zu schaffen. (Es ist das erste Mal, dass ich hier davon berichte, denn bisher fürchtete ich, von ihm missverstanden zu werden; doch von heute an erübrigen sich diese Bedenken wohl.)

Gestern Abend verließ Toshiko uns wieder ziemlich früh, und als Madame nach Hause kam, unterhielt sie sich noch eine ganze Weile mit ihr. Ich erinnere mich an nichts, was nach meiner Ohnmacht geschehen ist. Wie stark ich aber auch betrunken gewesen sein mag, die letzte, die allerletzte Grenze glaube ich auch gestern standhaft verteidigt zu haben. Ich habe noch nicht den Mut, über diese Grenze zu springen, und sicher geht es Kimura ebenso. Kimura berichtete gestern übrigens Folgendes: »Ich bin es gewesen, der dem Professor den Polaroid-Apparat ausgeliehen hat. Denn ich wusste von seiner perversen Leidenschaft, Sie, gnädige Frau, betrunken zu machen und dann zu entkleiden. Der Herr Professor gab sich jedoch nicht mit der Polaroid zufrieden, sondern begann, auch mit der Zeiss-Ikon Aufnahmen zu machen. Er wollte sich wohl vor allem bis ins kleinste Detail über Ihren Körper orientieren, doch im Grunde glaube ich, wollte er mich quälen. Er beauftragte mich mit dem Entwickeln der Filme, um meine Sinne bis zur Grenze des Erträglichen zu reizen und mich dabei zu zwingen, der Verführung nicht nachzugeben, sondern alles zu erdulden. Mich leiden zu sehen bis zum Äußersten – darin entdeckte er seine Lust. Obendrein hoffte er, dass sich diese Gefühle in Ihnen, gnädige Frau, widerspiegeln mögen und Ihnen wehe tun werden wie mir.

Daran beginnt er nun, auch Freude zu finden. Ich kann nicht anders, als diesen Mann zu hassen, dem es eine Lust ist, Sie und mich so grausam zu quälen, aber ihn zu betrügen, das liegt mir fern. Wenn ich mit ansehen muss, wie Sie leiden, gnädige Frau, dann habe ich kein größeres Verlangen, als mit Ihnen zusammen die Qual zu ertragen und den Schmerz bis zum Grund mit Ihnen zu teilen.«

… Ich erwähnte Kimura gegenüber auch das französische Buch, das Toshiko sich bei ihm ausgeliehen und in dem sie jene Fotografien gefunden hatte.

»Toshiko meinte, sie könne sich nicht denken, dass sie durch Zufall in dem Buch lagen. Es müsse sicher ein Motiv dafür geben. Bitte erklären Sie es mir. Warum taten Sie das?«

Darauf entgegnete mir Kimura: »Ich habe mir Ihrer Tochter gegenüber niemals bestimmte Andeutungen erlaubt, auch nicht noch so versteckt. Die Initiative hatte stets Ihre Tochter, am 23. und auch heute Abend. Aber ich erwartete, Ihre Tochter würde irgendetwas unternehmen, wenn sie die Bilder zu sehen bekäme. Ich weiß, Ihre Tochter hat einen Charakter wie Jago in Shakespeares *Othello*, und ich habe mich entsprechend benommen. Auch heute musste ich erwarten, dass sich die Geschehnisse vom 18., als wir zum ersten Mal in der Wohnung Ihrer Tochter zusammenkamen, wiederholen würden, und ich habe mich nur stumm ihrem Willen gefügt.«

Ich drängte noch weiter mit meinen Fragen: »Es ist das erste Mal, dass ich mit Ihnen und ohne dass jemand uns hört, ein solches Gespräch führe. Ach nein, nicht einmal mit meinem Mann, mit niemandem habe ich mich je über so ein Thema unterhalten. Über das Verhältnis zwischen Ihnen und mir will er offenbar nicht viel hören. Er fürchtet sich, etwas zu erfahren, und möchte noch immer an meine Treue glauben. Auch ich möchte gern an meine Unschuld glauben, aber darf ich es denn? Sie sind der Einzige, Herr Kimura, der mir diese Frage beantworten kann.«

»Haben Sie Vertrauen!« (Meinte er meine Treue, oder meinte er sich selbst?) »Alle Teile Ihres Körpers habe ich berührt, bis auf eine Stelle, die heimlichste und bedeutsamste. Der Professor will uns beide so nah wie möglich zusammenbringen, aber er will auch, dass ein Abstand zwischen uns bleibt, so dünn wie ein Blatt Papier. Seinem Wunsche gemäß habe ich mich Ihnen genähert, soweit es möglich war, ohne den Bereich des Erlaubten zu überschreiten …«

»Oh, nun bin ich beruhigt!« Ich atmete auf. »Ich bin Ihnen sehr dankbar, dass Sie so um meine eheliche Treue besorgt sind, Herr Kimura. Sie sagten vorhin, dass ich meinen Mann hasse. Das trifft wohl zu, doch auf der anderen Seite kann ich nicht leugnen, dass ich ihn liebe. Je mehr ich ihn hasse, umso stärker wird auch meine Liebe. Seine Leidenschaft entzündet sich erst, wenn er einen Menschen hat wie Sie, den er zwischen uns stellen und solchermaßen foltern kann. Aber wenn ich dann bedenke, dass es ja nur geschieht, um mich zu beglücken, kann ich ihn nie und nimmer betrügen.

Könnten wir, lieber Herr Kimura, es nicht dabei bewenden lassen, dass Sie und mein Mann ein und dieselbe Person sind? Sie sind in ihm und er in Ihnen. Beide sind Sie zwei und doch eins.«

28. März

… Ich ging zur Universitätsklinik und ließ meine Augen untersuchen. Eigentlich hatte ich keine Lust dazu, aber da Professor Aiba sehr darauf bestand, ging ich widerwillig hin. Die Schwindelanfälle sind also eine Folge von Gehirnarteriosklerose, die Hirnhyperämie verursacht, und das führt eben meist zu Schwindel und Doppelsichtigkeit, zuweilen aber auch zu einer Trübung des Bewusstseins. Es kann sogar Ohnmacht eintreten.

»Wenn Sie des Nachts aufstehen oder eine heftige Bewegung machen oder Ihre Lage plötzlich verändern, fühlen Sie sich dann nicht besonders schwindlig?«, fragte er, und ich musste es ihm bestätigen. Der Blutkreislauf der Arterien des Mittelohrs sei schlecht. Der Verlust des Gleichgewichts und das Gefühl, als ob der Körper umfalle oder als ob man in die Erde hineinstürze, dergleichen Phänomene seien alle auf eine mangelhafte Durchblutung der Mittelohrpartien zurückzuführen. In der Abteilung für innere Krankheiten untersuchte mich Professor Aiba selbst. Dabei wurde heute zum ersten Mal mein Blutdruck gemessen. Bis jetzt hatte ich mich immer darum herumgedrückt. Auch wurde ein Elektrokardiogramm gemacht, und die Nieren wurden untersucht.

»Sie müssen äußerst vorsichtig sein. Ich hätte nie gedacht, dass Sie einen so hohen Blutdruck haben«, ermahnte mich Professor Aiba. Ich fragte ihn nach der genauen Zahl, doch wollte er nicht mit der Sprache heraus. Jedenfalls liege die höchste Zahl über 200 und die tiefste über 156, und es sei ein sehr schlechtes Zeichen, dass die Differenz zwischen den beiden Zahlen so gering sei.

»Sie schlucken übermäßig viele Hormonpräparate und lassen sich auch zu viele Injektionen dieser Art geben. Es wäre besser, Sie nähmen Mittel zur Verminderung des Blutdrucks und keine nierenstärkenden Mittel. Und«, fügte er hinzu, »verzeihen Sie, wenn ich Ihnen zu nahe trete, Sie müssen Enthaltsamkeit üben, Sie dürfen keinen Alkohol mehr trinken, keine scharfen oder salzigen Sachen mehr essen.« Dann empfahl er mir, für eine Weile sorgfältig und regelmäßig Arzneien wie Rutin C, Serpasil und Kallikrein einzunehmen, auf meinen Blutdruck zu achten und ihn von Zeit zu Zeit messen zu lassen.

Ich schreibe das hier absichtlich in mein Tagebuch, um zu sehen, wie meine Frau darauf reagiert. Vorläufig werde ich den Rat des Arztes nicht befolgen. Die Dinge werden so lange weiterlaufen, bis meine Frau irgendwelche Andeutungen macht. Was ich vermute, ist dies: Sie wird so tun, als hätte sie diesen Abschnitt nicht gelesen, und wird noch ausschweifender als bisher sein. Das ist das unabwendbare Schicksal ihres Leibes. Dies Los trifft auch mich. Es gibt kein Zurück mehr, nachdem es schon so weit mit mir gekommen ist.

Seit der letzten Nacht ist das Verhalten meiner Frau auf einmal viel aggressiver geworden, und sie scheint Freude an den verschiedenen Techniken zu finden, auf die sie von selbst und ohne Aufforderung kommt, und gerade ihre neu entdeckte Spiellust wird mehr und mehr die verführende Kraft werden, die mich immer weitertreibt.

Sie spricht allerdings immer noch kein Wort dabei. Blicklos und stumm, nur mit Bewegungen, gibt sie ihrer mannigfaltigen Liebe Ausdruck. Dabei täuscht sie den Zustand der halb Wachen und halb Schlafenden vor, und es ist also nicht nötig, die Lampe abzublenden. Unbeschreiblich, wie betörend sie ist in ihrer Schamhaftigkeit, bald wie trunken, bald eher schlafend.

In der ersten Zeit habe ich meine Frau und Kimura einander bis zu einem gewissen Abstand nahe gebracht.

Doch nach und nach gewöhnte ich mich an dieses Reizmittel und konnte nicht mehr die gewünschte Befriedigung darin finden. Ich fing an, die Distanz zu verringern. Je mehr ich sie verkürzte, desto heftiger wurde meine Eifersucht, und je größer die Eifersucht, umso tiefer die Wollust. In ihr erst habe ich mein letztes Ziel erreicht. So unersättlich ist das Verlangen meiner Frau, und so unersättlich ist auch mein Verlangen, haltlos und maßlos … mehr und immer mehr … es gibt kein Genug.

Es sind drei Monate seit Neujahr vergangen, und ich bin über mich selbst erstaunt, dass ich es im Wettstreit der Liebe mit meiner krankhaft starken Frau habe aufnehmen können. Nun wird sie endlich erkannt haben, wie sehr ich sie liebe. Was aber soll daraus werden? Wie kann ich meine Leidenschaft noch weiter schüren? Bei meiner Veranlagung werde ich mich allzu bald an die Stimulans gewöhnen. Ich habe die beiden bereits in Situationen gebracht, die man gemeinhin nur als Ehebruch bezeichnen kann. (Aber ich glaube an meine Frau und habe keinen Verdacht.) Gibt es überhaupt noch Möglichkeiten, die beiden enger zusammenzubringen, ohne ihre Unschuld zu beflecken? Darüber werde ich nachdenken. Doch viel eher als ich werden die anderen einen Weg finden. Wenn ich sage, »die anderen«, dann ist auch Toshiko inbegriffen.

Ich habe einst meine Frau berechnend genannt; doch ich, der dies behauptet, bin nicht weniger berechnend als sie. Es ist daher nicht weiter verwunderlich, dass einem berechnenden Mann und einer berechnenden Frau eine heimtückische Tochter geboren wurde. Aber der Arglistigste ist doch Kimura. Ich kann mich nur immer wundern, wie sich da vier Menschen zusammengefunden haben, die allesamt so verschlagen sind. Und es ist ein seltsames Schicksal, dass diese vier so hinterhältigen Menschen, einander belügend und täuschend, mit vereinten Kräften einem einzigen Ziel zustreben. Zwar hat wohl jeder für sich seine eigenen Spekulationen, doch in einem Punkt sind wir alle vier einig: meine Frau, soweit es nur geht, zu verderben, und jeder tut dafür sein Möglichstes.

30. März

Heute Nachmittag kam Toshiko mich abholen, um mit mir nach Arashiyama zu fahren, wo wir an der Endstation Kimura treffen sollten. Der Vorschlag scheint von Toshiko zu stammen, und in der Tat, es war ein guter Einfall von ihr. In der Schule sind jetzt Ferien, und Kimura kann freier über seine Zeit verfügen. Wir gingen an dem mit überhängenden Bäumen bewachsenen Ufer entlang und fuhren ein Stück mit dem Boot. An der Togetsubrücke machten wir Rast und sahen uns den Tempelgarten von Tenryuji an. Nach langer Zeit habe ich wieder einmal frische gesunde Luft geatmet. Wir sollten öfter solche Ausflüge unternehmen. Mein Mann vergrub sich von klein auf in seine Bücher und hat mich selten zu solchen Plätzen ausgeführt. Gegen Abend machten wir uns auf den Heimweg. An der Haltestelle von Hyakumanben trennten wir uns, und jeder ging für sich nach Hause. Heute habe ich so erquickende Stunden verlebt, dass ich am Abend keine Lust mehr hatte, mich an den Tisch zu setzen und Cognac zu trinken.

31. März

Gestern Abend haben wir uns beide ohne einen Tropfen Cognac schlafen gelegt. In der Nacht, unter dem glitzernden Licht der Neonröhren, habe ich die Spitze meines Fußes absichtlich unter der Decke hervorgestreckt. Er bemerkte es gleich und kam zu mir herüber. Es war wirklich ungewöhnlich, dass es uns ohne Hilfe des Alkohols und unter dem blendenden Licht der Lampe gelang; und wie gut es uns gelang! Er zeigte offen seine Freude über dieses wunderbare Ereignis … Die Madame, bei der Toshiko wohnt, und auch mein Mann haben jetzt Ferien und sind meistens von morgens bis abends zu Hause. Er allerdings geht jeden Tag regelmäßig ein bis zwei Stunden aus. Ich weiß nicht, wo er sich so lange herumtreibt. Natürlich gibt er vor, spazieren zu gehen; aber ich glaube, er bezweckt dabei noch etwas anderes, nämlich mir Zeit zu geben, sein Tagebuch zu lesen. Jedes Mal, wenn er zu mir sagt: »Ich gehe ein wenig aus«, so ist mir, als sage er: »Lies dir unterdessen mein Tagebuch durch.« Je offensichtlicher er mich so auffordert, umso weniger werde ich es lesen. Aber sollte ich meinem Mann nicht auch eine Gelegenheit geben, mein Tagebuch zu lesen? …

31. März

Gestern Nacht hat mich meine Frau in einen Freudentaumel versetzt. Sie verlangte auch nicht, dass ich das Licht ausmachte. Ja, sie fing ganz von selbst an, mir mit allen erdenklichen Mitteln die Sinne zu umgarnen, entblößte, was mich am meisten reizt, und versuchte, mich nach allen Regeln der Kunst zu verführen.

Ich war überrascht, sie so bewandert in der Kunst der Liebe zu finden … Nach und nach wird mir klar, was diese plötzliche Veränderung bedeutet.

Die Schwindelanfälle sind heftiger geworden und beunruhigen mich. Ich ging zu Dr. Kodama und ließ mir den Blutdruck messen. Auf seinem Gesicht malten sich Erschrecken und Entsetzen. Der Blutdruck war so hoch, dass er befürchtete, der Apparat würde entzweigehen. Ich müsse sofort alle Arbeit niederlegen und unbedingte Ruhe haben.

1. April

Toshiko brachte Frau Kawai mit, die Modistin. Sie gibt Unterricht im Schneidern und nimmt nebenbei auch Bestellungen für Kleider an. Da sie für diese Nebenarbeiten keine Steuern zu zahlen braucht, soll sie billiger als die übrigen Schneidergeschäfte sein. Toshiko lässt sich ihre Sachen stets bei ihr machen.

Außer meiner Schultracht in der Mädchenzeit habe ich

noch nie europäische Kleider getragen. Mein Geschmack ist etwas altmodisch; die Formen meines Körpers eignen sich besser für Kimonos, und ich finde es ziemlich gewagt, in meinem Alter noch europäische Kleider zu tragen. Toshiko bestand jedoch so sehr darauf, dass ich selbst Lust bekam, mir wenigstens probeweise eins machen zu lassen. Ich schämte mich ein wenig vor ihm und bestellte Frau Kawai auf eine Zeit, wo er nicht da war, obgleich er es ja sowieso bald erfahren wird. Den Stoff und den Schnitt überlasse ich Toshiko und der Schneiderin. Ich bat Frau Kawai, den Rock ein wenig länger zu machen, bis ungefähr zwei Zoll unter das Knie, weil ich doch ein bisschen krumme Beine habe. »Sie sind eigentlich gar nicht krumm«, meinte abwehrend Frau Kawai; »auch die Europäerinnen haben öfters solche Beine.« Sie zeigte mir verschiedene Stoffmuster. Es soll ein Ensemble aus grauem Tweed und rot-braunem Glenchek werden. Die beiden machten mich auf ein Modell in »Modes et Travaux« aufmerksam und überredeten mich, es nach diesem Schnitt arbeiten zu lassen. Alles zusammen wird es noch nicht ganz auf 10 000 Yen kommen, aber ich muss mir noch Schuhe dazu kaufen, und ein paar sonstige Kleinigkeiten sind wohl auch nötig …

2. April

Am Nachmittag ging ich aus und kam abends zurück.

3. April

Zehn Uhr morgens verließ ich das Haus. Im Schuhgeschäft T. H. in der Kawaramachistraße kaufte ich ein Paar Schuhe. Gegen Abend kehrte ich heim.

4. April

Nachmittags ging ich weg. Am Abend war ich wieder zurück.

5. April

Am Nachmittag ging ich in die Stadt und kam am Abend wieder nach Hause.

5. April

Das Benehmen meiner Frau verändert sich tagtäglich. In der letzten Zeit verlässt sie fast jeden Nachmittag, zuweilen sogar schon morgens, allein das Haus, bleibt vier bis fünf Stunden weg und kommt zum Abendessen wieder zurück. Die Mahlzeiten nehmen wir zu zweit ein. Sie hat keine Lust mehr, Cognac zu trinken, und ist meistens nüchtern. Ich habe keine Ahnung, wohin sie geht, doch da jetzt auch Kimura Zeit hat, vermute ich, dass es mit ihm zusammenhängt.

Am Nachmittag, kurz nach zwei Uhr, kam Toshiko unerwartet zu mir herauf und fragte: »Wo ist Mama?«

»Um diese Zeit ist sie immer weg. Ist sie nicht bei dir?«, fragte ich naiv zurück.

»Mama kommt in der letzten Zeit gar nicht mehr und Kimura auch nicht. Wohin geht sie nur?« Sie tat verwundert und legte den Kopf nachdenklich zur Seite. Dabei ist es nicht schwierig zu durchschauen, dass sie mit unter der Decke steckt …

6. April

… Am Nachmittag ging ich aus. Abends war ich zurück … In den letzten Tagen ging ich tatsächlich jeden Nachmittag aus. Er hingegen ist fast immer zu Hause, wenn ich ausgehe. Er scheint in seinem Studierzimmer vor seinem Tisch zu sitzen – auf seinem Tisch liegt ein aufgeschlagenes Buch, und er hockt in einer Stellung davor, als ob er darin läse –, ich glaube aber nicht, dass er auch nur eine Zeile liest. Sicher ist sein Kopf zum Zerplatzen voll Neugierde. »Was wird sie wohl anstellen, wenn sie das Haus verlässt und bis sie wieder zurückkommt?« Und ich kann mir gut ausmalen, dass er weder Ruhe noch Zeit findet, an etwas anderes zu denken. Zwar wird er die Gelegenheit benutzen und ins Esszimmer hinuntergehen, mein Tagebuch aus dem Schubfach holen und es heimlich lesen. Doch wird er zu seinem Bedauern erfahren müssen, dass das Tagebuch darüber keine Auskunft gibt. Ich habe absichtlich über meine letzten Tage nichts Bestimmtes notiert: … ging ich aus … kam ich zurück. Über alles andere habe ich geschwiegen.

Vor dem Verlassen des Hauses gehe ich hinauf bis vor sein Arbeitszimmer, öffne die Schiebetür nur einen kleinen Spalt weit und sage ihm Bescheid: »Ich gehe noch ein wenig aus.« Dann stehle ich mich mit leisen Tritten die Treppe hinunter. Es kommt auch vor, dass ich mitten auf der Treppe stehen bleibe und ihm kurz einen Gruß sage. Er dreht sich nie nach mir um. Er brummt nur leise nickend vor sich hin, und zuweilen höre ich nicht einmal seine Antwort.

Ihm Zeit zu lassen, mein Tagebuch zu lesen, ist selbstverständlich nicht der Zweck meiner Ausgänge. Ich habe an einem bestimmten Ort ein Rendezvous, und zwar treffe ich mich mit Kimura. Ich will auch sagen, warum ich es tue. Es war schon lange mein Verlangen, ungetrübt vom Rausch und ohne die Verwirrung des Alkohols in den Adern, unter den hellen, gesunden Strahlen der Sonne, den nackten männlichen Körper von Kimura zu berühren. Ich komme in Sekitamachi in Toshikos Wohnung mit ihm zusammen (in ihrer Abwesenheit natürlich und ohne die störende Nähe meines Mannes); aber im entscheidenden Augenblick, wenn wir uns Haut an Haut aneinandergeschmiegt in den Armen halten, schwinden mir törichterweise die Sinne vor Trunkenheit. Die Frage, die ich am 30. Januar in mein Tagebuch schrieb: »ob die Vision, die ich im Traume erlebte, nicht doch Kimura war?«, und mein Wunsch in dem Absatz vom 19. März: »… Kimura mit meinen eigenen Augen und ohne das verwirrende Dazwischentreten meines Mannes nackt vor mir zu sehen – o ja, Kimura, der, wenn ich glaubte, ihn in den Armen zu haben, plötzlich mein Mann war und der dann wieder Kimura war, wenn ich glaubte, es sei mein Mann …«, sie waren noch unbeantwortet und unerfüllt und lagen mir schwer in der Brust. Ich wollte unbedingt den wirklichen Kimura sehen, in Fleisch und Blut und ohne das Zerrbild meines Mannes zwischen uns zu haben, Kimura, wie er sich in meinen Armen anfühlt und nicht halb bewusstlos und nicht unter dem bläulichen Schein der Leuchtröhren, und ich wollte ihn ohne Angst, und solange ich nur Lust hatte, anschauen …

Welch eine freudige Überraschung! So unglaubhaft es auch klingen mag, in dem wirklichen Kimura, wie er gestern vor mir stand, habe ich jene Vision wiedergefunden, der ich seit den ersten Tagen dieses Jahres so oft begegnet bin. Ich schrieb damals von meinem Traum: »Oh, mit diesen Händen habe ich mich an Kimuras jünglingshafte, schlanke Arme geklammert, und ich spüre noch, wie ich an seine vor Kraft zitternde Brust gepresst wurde. Besonders fiel mir auf, dass seine Haut für einen Japaner sehr weiß ist, ja, sie kam mir gar nicht wie die Haut eines Japaners vor.« Der wirkliche Kimura, den ich nun zum ersten Mal gesehen habe, entsprach dieser Beschreibung genau.

Diesmal klammerte ich mich ohne jede Rücksicht an ihn, an seine Arme, seine Schultern, drückte meine Brust mit aller Kraft an seinen biegsamen Körper und ließ meine

Haut an seiner fremdartig weißen Haut sich festsaugen. Aber wie ist das Wunder zu begreifen, dass der Traum, den ich neulich hatte, mit der Wirklichkeit übereinstimmt? Es erscheint mir nämlich nicht nur als ein bloßer Zufall, dass das Schattenbild von Kimura in meinen Träumen dem lebenden so ähnlich ist. Hat er nicht schon in einem Winkelchen meines Herzens gewohnt, noch ehe er geboren wurde, als ein Versprechen aus einer früheren Existenz? Oder ist Kimura gar im Besitz magischer Wunderkräfte und kann beliebig in meinen Träumen Gestalt annehmen? Fast will es mir so scheinen …

Jetzt, da ich Kimuras Schattenbild als unverzerrte Wirklichkeit zu spüren begann, lernte ich auch meinen Mann und Kimura als zwei verschiedene Wesen unterscheiden. »Kimura und mein Mann sind ein und dieselbe Person … er ist in ihm … beide sind sie zwei und doch eins …« Diese Worte, die ich einst niedergeschrieben habe, widerrufe ich hier ausdrücklich. Mein Mann ist ein schwächlicher, femininer Typ und sieht Kimura nur auf den ersten Blick ein wenig ähnlich, aber näher betrachtet, hat er mit ihm nichts gemein. Kimura erweckt in Kleidern wohl den Anschein, mager und knochig zu sein, aber darunter verbirgt sich eine unerwartete Kraft und Fülle. Oh, ich habe seine muskulöse Brust gesehen und gefühlt; sein ganzer Körper fließt nur so über von Frische und Gesundheit. Dagegen ist der Knochenbau meines Mannes leicht und zerbrechlich, die Haut sehr blass und ohne Leben. Bei Kimura schimmert es unter der weißen Haut rötlich hervor, und jugendlicher Reiz und Glanz liegten auf ihm, während die fahle und matte Haut meines Mannes trocken wie Metall ist. Und noch immer ist mir vor dieser glatten Aluminiumhaut unheimlich. Die Gefühle, die ich bis jetzt für meinen Mann empfand, waren zur Hälfte Abneigung und zur Hälfte Liebe, aber von Tag zu Tag spüre ich, wie die Abneigung zunimmt …

Ach, warum habe ich nur einen solchen abscheulichen Menschen zum Gatten, der ganz und gar nicht zu meiner Natur passt. Wievielmal am Tage muss ich seufzend denken: Hätte ich doch anstatt dieses Menschen Kimura zum Manne …

Weit, sehr weit sind wir schon gegangen, und doch haben wir die letzte Grenze noch nicht überschritten. Wird mein Mann es mir glauben?

Mag er es glauben oder nicht, es ist die Wahrheit. Zwar ist »die letzte Grenze«, die ich meine, sehr eng gezogen, und es ist im wahrsten Sinne des Wortes die allerletzte Grenze, und außer diesem einen kann ich sagen, dass wir eigentlich nichts unversucht gelassen haben. Der Grund liegt wahrscheinlich darin, dass mein Denken sich durch die altmodische Erziehung, die mir meine Eltern haben angedeihen lassen, noch immer an die konventionellen Vorstellungen klammert und mir einzureden versucht, dass die eheliche Treue noch nicht befleckt sei, solange ich nicht jemanden nach der »orthodoxen Methode«, wie mein Mann es nennt, umarmt habe – wenn man von der seelischen Seite der Sache absieht. Ich habe also den Buchstaben nach die eheliche Treue bewahrt, doch alle anderen Freiheiten der Liebe habe ich genossen. Sollte ich mich jedoch deutlicher ausdrücken, käme ich in größte Verlegenheit.

Mein Nachmittagsspaziergang führte mich von Kawaramachi auf der Südseite der »4. Straße« nach Westen. Ungefähr hundert Meter hinter dem Kaufhaus Fuji-Daimaru traf ich meine Frau. Sie trat aus einem Laden, in dem sie anscheinend eingekauft hatte. Sie kehrte mir den Rücken und ging einige zehn Meter vor mir in derselben Richtung. Als ich auf die Uhr sah, war es halb fünf. Nach der Zeit zu urteilen, hatte sie den Weg nach Hause einschlagen wollen. Aber sie ging, wie gesagt, in westlicher Richtung, also entgegengesetzt zu unserem Heimweg, und ich schloss daraus, dass sie mich entdeckt hatte, ehe ich ihrer ansichtig wurde, und dass sie also eine Begegnung mit mir vermeiden wollte. Ich gehe bei meinen Spaziergängen meist in Richtung Higashiyama, und ich komme selten in die belebte Gegend der »4. Straße«. Sicher war sie nicht darauf gefasst, mir hier zu begegnen. Ich verdoppelte meine Schritte. Die Entfernung zwischen uns wurde kürzer, und ich holte auf, bis ich nur noch zwei Schritte hinter ihr war. Aber sie sah sich nicht nach mir um. Ich redete sie auch nicht an. Den gleichen Abstand einhaltend, gingen wir weiter.

»Was sie wohl eingekauft hat?«, dachte ich und sah im Vorbeigehen in den Laden hinein, in dem sie gewesen war. Es war ein vornehmes Geschäft für europäische Damenartikel. Im Schaufenster sah man Spitzen und Handschuhe, Ohrringe verschiedenster Art und Anhänger. »Was sucht denn meine Frau, die sich nie europäisch kleidet, in solch einem Laden?«, dachte ich. In diesem Augenblick stockte mir der Atem, und ich riss vor Staunen die Augen auf. Ich gewahrte an den Ohrläppchen meiner Frau Perlohrgehänge. Seit wann findet sie Geschmack daran, solche Sachen zusammen mit einem Kimono zu tragen? Ob sie die Ohrringe wohl eben gekauft hat und sich nun gleich damit schmückt? Oder tut sie so etwas öfter, wenn ich nicht dabei bin? Jetzt fällt mir auch nachträglich auf, dass sie seit etwa einem Monat häufig diese kurze Nachmittagstunika anzieht. Heute trug sie sie auch. Eigentlich ist sie zu konservativ, um der Mode nachzulaufen, und bisher kleidete sie sich betont nach altem Stil, doch ich muss zugeben, dass diese Art ihr nicht übel steht. Und was mich am meisten überrascht, auch die Ohrringe stehen ihr gut. Ich erinnere mich an ein Buch von Akutagawa, in dem er erzählt, dass bei chinesischen Frauen die Rückseite der Ohrläppchen von einem über alle Maßen liebreizend weißen Samt sei. Auch die Ohrläppchen meiner Frau sind makellos und von perlmuttner Schönheit, wenn sie von hinten durch ihr schwarzes Haar leuchten. Sogar die Luft, die sie umgibt, scheint mir von frischer, reiner Durchsichtigkeit zu sein. Perle und Ohrläppchen helfen sich gegenseitig, den Effekt zu erhöhen; doch glaube ich nicht, dass sie selbst darauf gekommen ist, solche Perlen an ihre Ohren zu hängen. Wie so oft empfand ich Eifersucht und Dankbarkeit zugleich. Ein anderer als ihr Ehemann hat diese exotische Seite ihrer Schönheit entdeckt. Traurig und bedauerlich. Worüber könnte ich in meiner unglücklichen Verliebtheit betrübter sein! Aber es ist eben so, dass der Ehemann sich schließlich mit dem gewohnten Anblick seiner vertrauten Frau zufriedengibt und weniger aufmerksam ist als ein Fremder …

Meine Frau überquerte die Karasumarustraße und ging dann geradeaus weiter. In der linken Hand trug sie außer der Handtasche ein längliches flaches Päckchen, dessen Inhalt ich nicht erraten konnte und das wahrscheinlich aus dem besagten Laden stammte. Bei Nishi-no-doin wechselte ich die Straßenseite und überholte sie dabei absichtlich so, dass sie mich sehen musste, zum Zeichen, dass ich ihr nicht mehr folgte. An der Haltestelle Shijo-Horikawa stieg ich in die Straßenbahn und fuhr nach Hause …

Eine Stunde nach mir kam auch meine Frau zurück. Die Perlen hingen nicht mehr an ihren Ohren. Sicher waren sie in der Handtasche. Das Paketchen trug sie noch immer in der Hand, doch packte sie es nicht vor mir aus.

10. April

Ob er wohl in seinem Tagebuch etwas über den besorgniserregenden Zustand seines Körpers vermerkt hat? Bis zu welchem Grade macht er sich wohl Gedanken über seine Gesundheit, über seinen geistigen Zustand? Ich, die ich sein Tagebuch nie gelesen habe, kann mir keine Vorstellung davon machen, doch bemerke ich seit einigen Monaten deutliche Veränderungen in seinem Wesen. Frisch und gesund sah er noch nie aus, aber in der letzten Zeit ist seine Haut besonders glanzlos geworden und grau wie Erde. Wenn er die Treppe hinauf- oder heruntersteigt, torkelt er oft. Er hat sonst ein gutes Gedächtnis, aber in der letzten Zeit entfallen ihm viele Dinge. Lausche ich auf seine Gespräche am Telefon mit anderen Leuten, so höre ich oft, wie er in Verlegenheit gerät, weil er sich nicht mehr auf Namen besinnen kann, die ihm eigentlich geläufig sein müssten. Wenn er durch ein Zimmer geht, bleibt er plötzlich stehen, schließt die Augen und hält sich an einem Pfeiler fest. Bei offiziellen Briefen bediente er sich bisher immer eines Pinsels und benutzte gerolltes Briefpapier, aber seine Schrift wird seit dem Frühjahr zusehends schlechter, obwohl man in der Pinselschrift mit zunehmendem Alter doch immer besser und formvollendeter wird. Besonders augenfällig sind falsche Schriftzeichen, die ihm unterlaufen, und das Auslassen von Buchstaben. Ich sehe nur die Umschläge seiner Briefe, und schon da entdecke ich fortwährend falsche Hausnummern und falsche Daten. Genau betrachtet, sind seine Fehler recht merkwürdig. Anstatt März schreibt er Oktober, und unsere Hausnummer ist gänzlich aus der Luft gegriffen. Auf dem Umschlag eines Briefes an seinen Onkel schrieb er dessen Namen mit einem ganz falschen Zeichen, was mich nicht wenig erschrecken ließ. Aber das Schlimmste kommt noch: Anstatt April schreibt er Juli, und das streicht er aus und verbessert es in August.

Bei Daten und Adressen korrigiere ich ihn heimlich, ehe ich die Briefe abschicke, wenn die Fehler gar zu erbärmlich wirken, aber bei dem Namen des Onkels wusste ich mir keinen Rat und machte ihn in harmlosem Ton darauf aufmerksam, dass die Schriftzeichen falsch seien. Er war sichtlich bestürzt, spielte aber überlegene Gelassenheit. »Natürlich hast du recht«, sagte er, machte jedoch keine Anstalten, es gleich zu berichtigen, und ließ den Umschlag auf seinem Tisch liegen. Auf die Anschriften der Briefe achte ich und lese sie immer genau durch, doch was weiß ich, was er für Fehler in den Briefen macht.

Wahrscheinlich hat es sich schon unter seinen Freunden und Bekannten herumgesprochen, dass er nicht mehr ganz normal ist.

Ich habe niemanden, mit dem ich mich darüber beraten könnte. Daher ging ich vor einigen Tagen zu Dr. Kodama und bat ihn, meinen Mann unauffällig zu untersuchen. »Darüber wollte ich mich schon lange mit Ihnen unterhalten«, antwortete er mir. Dr. Kodama erzählte, dass mein Mann selbst über seinen Zustand beunruhigt sei und sich von Professor Aiba untersuchen ließ; aber das Ergebnis hätte ihm einen solchen Schrecken eingejagt, dass er sich nicht mehr zu ihm getraute und nichts mehr von einer Konsultation wissen wollte. Dr. Kodama ist kein Spezialist und kann daher nichts mit Bestimmtheit sagen, »aber über seinen hohen Blutdruck war ich wirklich erschrocken«, bemerkte er mit einem Stirnrunzeln.

»Wie hoch ist denn sein Blutdruck?«, fragte ich.

»Ich weiß nicht recht, ob ich es Ihnen sagen soll, gnädige Frau, oder ob …«, sagte er zögernd. »Als ich seinen Blutdruck maß, überstieg er die oberste Skala, und die rote Säule stieg noch immer weiter. Ich fürchtete, dass der Apparat kaputtgehen könnte, und hörte schnell auf. Ich kann Ihnen also gar nicht genau sagen, wie hoch sein Blutdruck ist.«

»Weiß mein Mann das alles?«

»Obgleich Professor Aiba ihn verschiedentlich gewarnt hat, scheint er nicht auf ihn zu hören. Ich habe ihm daher offen erklärt, dass sein Zustand sehr ernst sei.«

(Ich zeichne hier dieses Gespräch auf, weil ich nun weiß, dass es ihm nichts mehr ausmachen wird, wenn er es liest. Dr. Kodama hat ihn ja zur Vorsicht ermahnt.)

Ich kann nicht bestreiten, dass ein Teil der Schuld an seinem jetzigen Zustand bei mir liegt. Wäre ich nicht so unersättlich gewesen, so wäre er auch nicht diesem ausschweifenden Leben verfallen. (Als ich mit Dr. Kodama darüber sprach, wurde ich ganz rot vor Scham, aber zum Glück kennt der Doktor nicht die Wahrheit über unsere intimen Beziehungen. Er glaubt, dass ich durchaus die Passive bin und er der Begehrliche, immer Unzufriedene; nur die Achtlosigkeit gegenüber seiner Gesundheit hätte zu den heutigen Folgen geführt.)

Mein Mann würde von seinem Standpunkt aus sagen, es sei mit ihm so weit gekommen, weil er mich glücklich machen wollte. Ich möchte das auch gar nicht bestreiten, doch habe auch ich mich als gehorsame Frau seinen Wünschen gefügt, und um ihm Freude zu bereiten, habe ich vieles, manchmal fast Unerträgliches, erduldet. Nach Toshikos Worten bin ich »das Muster einer tugendhaften Frau«, und ich meine, man kann es auch durchaus so ausdrücken; es kommt nur auf den Standpunkt an. Wie es auch sein mag, es hat keinen Zweck, die Verantwortung jetzt auf den anderen zu schieben oder festzustellen, wer hier gut und wer böse ist. Schließlich haben mein Mann und ich, uns gegenseitig helfend, einander herausfordernd und aufstachelnd, ja, bekämpfend und doch von einer unwiderstehlichen Macht getrieben und besessen, gemeinsam dieses Wagnis unternommen und sind nun an dieser gefährlichen Stelle angelangt …

Ich möchte hier auch bemerken, dass nicht nur sein gesundheitlicher Zustand gefährdet, sondern dass auch mein Körper ernsthaft geschwächt ist; allerdings weiß ich nicht, ob es angebracht ist, wenn ich darüber berichte, und was es für eine Wirkung auf ihn haben wird, wenn er es liest. Seit Januar dieses Jahres habe ich ein Gefühl der Schwäche. Schon früher, als Toshiko ungefähr zehn Jahre alt war, bekam ich einige Male einen Blutsturz; man sagte mir, meine Lungentuberkulose sei bereits im zweiten Stadium, und der Arzt ermahnte mich zur Vorsicht. Die Sorgen waren jedoch ganz unnötig, und ich gesundete von selbst. So mache ich mir auch diesmal nicht allzu viele Gedanken.

Ach ja, auch damals ignorierte ich die Ratschläge der Ärzte und ließ mich auf die unvorsichtigsten Dinge ein. Zwar war es keineswegs so, dass ich mich vor dem Tod nicht fürchtete, aber mein ausschweifendes Blut ließ mir keine Gelegenheit, darüber nachzusinnen. Ich schloss die Augen vor den Schrecken des Todes und gab mich einzig den Gelüsten meines Leibes hin. Auch mein Mann war erstaunt über meine Tollkühnheit, und obgleich er jeden Augenblick das Schlimmste fürchtete, wurde er von mir hingerissen. Hätte ich nicht das Glück auf meiner Seite gehabt, wäre ich damals gestorben. Stattdessen genas ich trotz meines wilden Treibens.

Auch diesmal ahnte mir zu Beginn des neuen Jahres nichts Gutes, und ich entsinne mich, dass es mir manchmal lau in die Brust stieg und dann einen Juckreiz hinterließ. Ich wusste nicht, was das bedeutete, bis ich eines Tages im Februar, genau wie vor zehn Jahren, blasenuntermischte purpurrote Blutfädchen in meinem Speichel fand. Es war nicht schlimm, doch es wiederholte sich einige Male. Jetzt scheint es ein wenig besser geworden zu sein, aber wer weiß, wann es wieder anfängt. Mein Körper ist kraftlos und schlapp, und Hände und Füße fühlen sich seltsam heiß an. Ich glaube, ich habe ständig etwas Fieber. Messen jedoch tue ich nicht. (Einmal habe ich es getan und las 37,6 ab, und danach habe ich es unterlassen.) Ich will auch keine Untersuchung. Nachts transpiriere ich häufig. Es ist nicht so, dass ich meine Situation nach den letzten Erfahrungen nicht ernst nähme und nicht tief beunruhigt wäre. Zum Glück hätte ich einen gesunden Magen, sagte damals der Arzt. »Gewöhnlich wird man bei dieser Krankheit sehr mager; es ist wirklich ein Wunder, dass der Appetit bei Ihnen nicht abnimmt«, meinte er oft kopfschüttelnd.

Im Unterschied zu damals fährt mir manchmal ein bisher unbekannter Schmerz durch die Brust, und fast jeden Nachmittag überfällt mich Müdigkeit. (Um dieser Müdigkeit zu widerstehen, suche ich erst recht die Berührung mit Kimura. Ich brauche ihn unbedingt, um die nachmittägliche Mattigkeit zu vergessen.) Noch nie hat mir die Brust so wehgetan, und noch nie war ich so kraftlos wie jetzt. Mag sein, dass es seit damals immer schlimmer geworden ist und nun keine Rettung mehr für mich besteht! Dieses Stechen unter den Schultern scheint mir nicht geheuer. Außerdem ist meine Unvorsichtigkeit nicht mit damals vergleichbar. Ich habe gehört, dass bei diesem Leiden alkoholische Getränke die schlimmsten Folgen haben können. Wenn ich aber bedenke, wie viel Cognac ich seit Neujahr ununterbrochen getrunken habe, müsste ich es schon als ein Wunder ansehen, wenn die Krankheit nicht weiter fortgeschritten wäre.

Wenn ich mir jetzt vor Augen halte, wie ich in der letzten Zeit regelmäßig betrunken in Bewusstlosigkeit versank, so scheint es, als habe eine mir unbewusste Vernunft dabei geholfen, verzweifelt darüber, dass dieses Leben letzten Endes doch nicht mehr lange währen kann …

13. April

»Die Ausgangszeit meiner Frau wird sich sicher von heute an verändern.« Ich hatte es schon vorausgesehen, und es kam auch wirklich so. Ich wusste nämlich, dass Kimuras Schule wieder anfängt und das Rendezvous bei Tag allmählich unmöglich wird. Bis vor Kurzem ging sie stets am frühen Morgen aus. »Die letzten Tage ist sie ja brav zu Hause geblieben«, überlegte ich. Aber gestern Nachmittag um fünf Uhr kam Toshiko mit neuen Anschlägen. Wie verabredet erhob meine Frau sich und machte sich zum Ausgehen fertig. Ich verfolgte das Ganze ziemlich genau, obwohl ich mich in meinem Zimmer im oberen Geschoss befand. Meine Frau kam die Treppe herauf und rief mir durch die geschlossenen Schiebetüren zu: »Ich gehe aus, bin aber bald wieder zurück.« Wie immer antwortete ich nur mit einem kurzen Brummen.

»Toshiko ist gekommen. Wenn es dir recht ist, iss doch mit ihr zu Abend«, fügte sie mitten auf der Treppe hinzu.

»Wie steht es denn mit dir?«, fragte ich hinterhältig zurück.

»Ich esse, wenn ich nach Hause komme. Wenn du so lange auf mich warten willst, können wir gemeinsam zu Abend essen«, sagte sie noch.

»Ich esse schon vorher. Du kannst ja in der Stadt in ein Lokal gehen. Lass dir nur Zeit«, entgegnete ich. Plötzlich war ich neugierig, was für einen Kimono sie wohl trug, trat auf den Gang und spähte die Treppe hinunter. Sie war schon auf der untersten Stufe angelangt, aber ich sah, dass sie die Perlohrringe, die sie gestern trug, schon zu Hause angelegt hatte, sie hatte gewiss nicht erwartet, dass ich auf den Gang treten würde. So stand sie da, die linke Hand bereits in einem weißen Spitzenhandschuh, und sie war gerade dabei, den rechten anzuziehen.

»Aha, das war der Inhalt des Päckchens, das sie neulich unter dem Arm trug«, dachte ich bei mir. Sie schien sichtlich verlegen unter meinem unerwarteten Blick.

»Mama, es steht dir ausgezeichnet«, lobte Toshiko …

Kurz nach halb sieben meldete die alte Baya, dass der Tisch gedeckt sei, und als ich ins Speisezimmer kam, wartete Toshiko auf mich.

»Du bist noch immer da? Aber ich kann doch allein essen«, sagte ich.

»Ich soll dir gelegentlich auch einmal Gesellschaft leisten, hat Mama mir befohlen.« Während sie sprach, merkte ich, dass sie etwas auf dem Herzen hatte. Es kommt wahrhaftig nicht oft vor, dass ich mit Toshiko zusammen zu Abend esse. Dabei fiel mir ein, wie selten meine Frau beim Abendessen fehlt. Gewöhnlich geht sie entweder vor oder nach dem Abendessen fort. Vielleicht lag es daran, dass ich mich nun einsam fühlte, als sei um mich herum eine Leere entstanden. Ein solches Gefühl überfällt mich nicht oft.

Die Anwesenheit Toshikos störte mich in diesem Gefühl der Leere, und es war, ehrlich gesagt, eine lästige

Wohltat, die sie mir da erwies. Aber gerade bei Toshiko kann man nicht wissen, ob sie das nicht mit eingerechnet hatte.

»Weißt du, Papa, wohin Mama geht?«, fing sie gleich an, als wir uns zu Tisch setzten.

»Keine Ahnung. Ich möchte es auch gar nicht so genau wissen«, gab ich zurück.

»Sie ist in Osaka«, platzte sie heraus und wartete gespannt auf die Wirkung. Unwillkürlich beugte ich mich vor.

»In Osaka?«, entfuhr es mir fast, ich unterdrückte mit Mühe die Silben und sagte in gezwungen ungerührtem Ton: »So, kann ja sein.«

»Von der Sanjo-Haltestelle in Kyoto aus fährt man mit der elektrischen Schnellbahn in vierzig Minuten bis zur Kyobashibrücke in Osaka, und von dort sind es nur fünf bis sechs Minuten zu Fuß bis zu dem besagten Haus …« »Soll ich dir noch mehr verraten?«, stichelte sie. Da sie Anstalten machte, weiterzusprechen, wenn ich schwieg, sagte ich: »Ich möchte nichts davon hören. Aber woher weißt du das eigentlich?« Ich wollte das Gespräch in eine andere Richtung lenken.

»Ich habe ihr erzählt, dass es dort geeignete Orte gibt. ›In Kyoto könnte es auffallen, und sie könnte ins Gerede kommen. Wissen Sie nichts Geeignetes, Fräulein Toshiko, was nicht so weit von Kyoto entfernt ist?‹, hatte mich Kimura gefragt. Ich erkundigte mich also für ihn bei einem meiner Freunde, einem sogenannten ›Après Guerre‹, die ja über alle diese Dinge gut Bescheid wissen«, sagte Toshiko. Dann schenkte sie mir ein Glas Courvoisier ein und meinte: »Willst du nicht ein wenig trinken, Papa?«

In letzter Zeit haben wir keinen Cognac mehr auf dem Tisch, doch gestern hatte Toshiko ihn wieder geholt. Ich nahm einen Schluck, um meine Verlegenheit zu verbergen.

»Verzeih, wenn ich dir zu nahe trete, Papa, es ist eine indiskrete Frage, aber wie denkst du überhaupt über diese Sache?«

»Was meinst du eigentlich?«

»Willst du denn eigentlich Mama immer noch glauben, wenn sie dir sagt, dass sie dich auch jetzt noch nicht betrügt?«

»Hat Mama mit dir darüber gesprochen?«

»Mama sagt nichts. Ich habe es von Kimura gehört. Er behauptet zwar, ›die gnädige Frau bewahrt dem Herrn Professor immer noch die Treue‹, aber so etwas Lächerliches glaube ich doch nicht im Ernst.«

Toshiko goss mir wiederum mein Sherryglas voll, und ohne Zögern ergriff ich es und kippte es hinunter. Ich spürte Lust, immer weiter zu trinken …

»Das ist deine Sache, ob du es für wahr hältst oder nicht!«

»Wie steht es denn mit dir, Papa?«

»Selbstverständlich glaube ich an Ikuko; das brauche ich dir wohl nicht erst zu sagen. Sogar wenn Kimura behaupten sollte, er habe sie entehrt, würde ich ihm keinen Glauben schenken. Ikuko ist nicht die Frau, die ihren Mann betrügen kann.«

Ich merkte, wie Toshiko ein Lachen in der Kehle unterdrückte.

»Aber angenommen, er hat sie nicht entehrt, sondern schändlicher noch und gemeiner … eine gewisse Befriedigung …«

»Willst du endlich deinen Mund halten, Toshiko!«, herrschte ich sie an. »Höre auf, solche Frechheiten von dir zu geben. Es gibt Dinge, über die man seinen Eltern gegenüber zu schweigen hat. Du, die du so etwas zu sagen wagst, bist ja selbst solch ein ›Après Guerre‹. Du bist selbst eins von diesen schmutzigen Dingern. Fort! Ich brauche dich nicht! Scher dich nach Hause!«

»Ich geh nach Hause!«, rief sie und warf den Reis, den sie eben in ihre Schale gefüllt hatte, wieder in den Topf zurück.

Der Aufruhr, der nach Toshikos Überrumpelung in mir tobte, wollte sich lange nicht legen. Als Toshiko mir verriet: »Sie ist in Osaka«, da war es mir, als sänke mein Magen mit einem jähen Zucken ein, und dieses Gefühl dauerte und wollte nicht mehr aufhören. Und doch war ich keineswegs ahnungslos. Aber während ich es ahnte, hatte ich mir Mühe gegeben, nicht daran zu denken, und es gab mir einen tiefen Stich, als ich es nun unerwartet deutlich aus fremdem Munde hören musste.

O ja, so sah es, ohne zu heucheln, in meinem Gemüt aus.

Neu war mir, dass die Sache sich in Osaka abspielte. Was für ein Haus mag es sein? Ob es ein gewöhnliches, ordentliches Hotel ist oder eines jener berüchtigten Häuser mit dem Badezeichen? Den dreifachen roten Wellenlinien, die bei Nacht beleuchtet werden?

Ich strengte mich an, nicht daran zu denken, aber vor meinem Geist erschienen das Haus mit seiner Fassade, die Atmosphäre des Zimmers und sogar die zwei Menschen, wie sie zusammen schliefen. Es ließ mir keine Ruhe mehr.
»... ich erkundigte mich für ihn bei einem meiner Freun-

de, einem sogenannten ›Après Guerre‹, die über alle diese Dinge ja gut Bescheid wissen …« Wie kam ich denn nur darauf? Ich stellte mir ein viereckiges, durch dünne Wände abgetrenntes Zimmerchen in einem billigen Stundenhotel vor und malte mir aus, wie die beiden da lagen, nicht auf unseren Reisstrohmatten, sondern auf großen europäischen Betten. So lächerlich es klingen mag, der Gedanke, dass sie auf Betten schliefen, war mir lieber als der, dass sie in einem japanischen Zimmer das Lager teilten. »… auf eine sehr unnatürliche Weise …« Nein, so sagte sie: »Schändlicher noch und gemeiner …« Verschiedene Stellungen, mannigfaltige Lagen der Hände und Füße waren denkbar.

Warum hat Toshiko plötzlich solch einen Verrat begangen? Hat sie das alles freiwillig ausgeplaudert, oder hat sie im Auftrage von Ikuko gesprochen? So stiegen die Fragen in mir auf. Ich weiß nicht, ob Ikuko darüber in ihrem Tagebuch berichtet hat. Vielleicht fürchtete sie, ich läse ihre Aufzeichnungen nicht oder gäbe mir doch den Anschein; und um mich zu zwingen, wohl oder übel davon Kenntnis zu nehmen, hat sie sich nun Toshikos bedient. Das Allerwichtigste – und was mich am meisten beunruhigt: Hat sich Ikuko diesmal Kimura etwa ganz hingegeben und sucht nun durch Toshikos Vermittlung mein Einverständnis zu erlangen? Wollte Ikuko mir gar durch Toshikos Mund die Worte zuspielen? »So etwas Lächerliches glaube ich doch nicht im Ernst«?

Angesichts dieser Folgen muss ich bekennen, dass es damals ein Fehler war, jene Bemerkung in mein Tagebuch zu schreiben: »Sie besitzt einen selten zarten Orgasmus.« Es wäre besser gewesen, ich hätte sie mir versagt. Wie lange konnte sie denn der Neugier widerstehen, es an anderen Männern zu erproben!

Einer der vielen Gründe, weshalb ich bis jetzt an ihre Treue glaubte, ist: Sie hat sich mir niemals, unter welchen Umständen auch immer, verweigert. Auch an Tagen, wo sie sich ganz bestimmt mit ihm getroffen hatte, ist sie nicht ein einziges Mal zurückgeschreckt, wenn ich abends meinen Wunsch zu erkennen gab, im Gegenteil, sie hat mich sogar dann herausgefordert. Ich hielt das für einen Beweis, dass sie sich mit ihm nicht wirklich eingelassen hat. Nun erkenne ich den Irrtum! Bei anderen Frauen mag diese Überlegung zutreffen, nicht bei Ikuko. Es macht ihr bei ihrer Konstitution nichts aus, wenn es am Nachmittag geschieht und am Abend wieder, sogar wenn viele solche Tage hintereinander folgen.

Es muss eine unerträgliche Folter sein, sich einem verhassten Menschen hinzugeben, nachdem man mit einem geliebten Menschen zusammen war. Sie ist auch darin eine Ausnahme. Wenn sie mich auch ablehnt, ihr Fleisch weiß nichts von dieser Weigerung. Wenn sie es dem Gefühl nach auch abschlagen wollte, ihr Leib kann der Versuchung nicht widerstehen und lechzt nach jeder Gelegenheit. Das ist das Wesen eines liederlichen Frauenzimmers, und ich hatte es bisher übersehen.

Als meine Frau gestern zurückkam, war es neun Uhr. Als ich um elf Uhr das Schlafzimmer betrat, lag sie im Bett …

Wieder fand ich ein überraschend bereitwilliges Weib vor und konnte nur staunen. Ich wurde vollkommen in die Passivität gedrängt. Ihre Zärtlichkeit, ihre Aufmerksamkeit, ihr herausforderndes Spiel hätten schöner nicht sein können. Mit welchem Charme sie kokettierte, wie sie mich führte, wie sie uns nach und nach mit meisterhafter Kunstfertigkeit bis zur Ekstase steigerte – es waren alles Beweise, dass sie sich mit ganzer Leidenschaft hingab …

15. April

Ich fühle sogar selbst, wie mein Kopf von Tag zu Tag unbrauchbarer wird. Seit Anfang dieses Jahres habe ich alles andere beiseitegeschoben und mich nur noch mit meiner Frau beschäftigt. Ohne es zu merken, habe ich an allem außer der Sinnenlust mein Interesse verloren. Meine Fähigkeit, über etwas nachzudenken, ist völlig erlahmt. Ich habe nicht die Geduld, meine Gedanken auch nur für fünf Minuten auf dieselbe Sache zu konzentrieren. In meinem Kopf tauchen nur immer neue Bilder des Beischlafs mit meiner Frau auf. Von klein auf habe ich leidenschaftlich gelesen, und ich habe es unter keinen Lebensumständen aufgegeben, aber jetzt bringe ich von morgens bis abends nicht eine Zeile in mich hinein. Wohl sitze ich der langen Gewohnheit getreu an meinem Schreibtisch; ich starre auch in die Bücher, doch nehme ich nichts auf. Es flimmert mir so vor den Augen, dass die Schrift kaum noch zu erkennen ist. Ich sehe die Buchstaben doppelt und lese die Zeilen mehrere Male. Ich bin ein Lebewesen geworden, das zu nichts anderem fähig ist, als sein Weibchen zu umarmen. Am Tag, wenn ich mich in mein Arbeitszimmer einschließe, überkommt mich eine unwiderstehliche Müdigkeit, und gleichzeitig beschleicht mich eine unerträgliche Unruhe. Wenn ich im Freien spazieren gehe, zerstreut sich diese Unruhe einigermaßen, aber sogar das Spazierengehen fällt mir in letzter Zeit schwer. Die Schwindelanfälle sind so heftig geworden, dass ich kaum noch das Gleichgewicht halten kann. Häufig muss ich mitten auf der Straße fürchten, hintenüberzuschlagen. Ich vermeide daher, auf meinen Spaziergängen allzu viel zu laufen, und suche mir – auf den Stock gestützt – menschenleere Plätze aus, wo ich mich auf den Bänken ausruhe. (Auch meine Beine sind schwach geworden und werden gleich müde, wenn ich allzu viel Bewegung habe.)

Als ich heute aus der Stadt zurückkam, unterhielt meine Frau sich im Esszimmer mit Madame Kawai, der Modistin. Ich wollte gerade eintreten, um meinen Tee zu trinken, da rief meine Frau: »Bitte, komm nicht herein. Willst du nicht in dein Zimmer gehen?«

Als ich durch einen Spalt der Schiebetür schielte, probierte meine Frau gerade ein europäisches Kleid an. Da sie mich sehr drängte, nach oben zu gehen, stieg ich in mein Arbeitszimmer hinauf. Nach einer Weile vernahm ich von unten die Stimme meiner Frau.

»Ich gehe noch ein wenig aus«, und dann hörte ich, dass sie mit Madame Kawai das Haus verließ. Von meinem Fenster im ersten Stock sah ich die beiden auf der Straße. Zum ersten Mal erblickte ich meine Frau in europäischer Kleidung. Die Schmuckstücke, die sie seit Kurzem zu ihren Kimonos trug, waren also nur eine Vorbereitung gewesen. Aber offen gesagt, kann ich nicht behaupten, dass dieses Kleid ihr stand. Es passte irgendwie nicht zu ihr. Madame Kawai ist europäische Lebensart gewohnt und kleidet sich daher auch viel geschickter. Meine Frau sah trotz Ohrringen und Spitzenhandschuhen nicht so gut aus wie in einem schlichten Kimono. Sie riefen nicht den erwarteten exotischen Eindruck hervor, vielmehr wirkten sie plump, auffallend und unelegant. Kleider, Körper und das Anhängsel des Schmuckes bildeten keine Einheit, blieben seltsam zusammenhanglos. Neuerdings ist es Mode, Kimonos wie europäische Kleider zu tragen, meine Frau dagegen trug ihr Kleid wie einen Kimono. Unter dem fremdartigen Schnitt ahnte man die Konturen eines Körpers, der für einen Kimono geschaffen ist. Ihre Schultern fielen gar zu sehr ab und waren zu schmal, und besonders schlecht wirkten ihre O-Beine. Wohl waren sie schlank und gut geformt, doch bogen sie sich von den Knien bis zu den Knöcheln. Der ungewohnt feste europäische Schuh machte die Fesseln dick. Die Bewegungen des Körpers, der Hände und Arme, ihr Gang, das Neigen des Halses und die Bewegungen ihrer Schultern und Hüften, alles war zu kimonoartig, zu sanft und gemessen, und ließ keine innere Gespanntheit erkennen. Es ist allerdings wahr, dass ihre zarten, verhaltenen und unbetonten Körperformen (im Gegensatz zu den Formen europäischer Frauen) und die weichen, gebogenen Linien ihrer Beine mich seltsam sinnlich anzogen. Dieser rätselhafte Reiz kommt nicht zur Geltung, solange sie einen Kimono trägt. Während ich der sich entfernenden Gestalt meiner Frau nachsah – vor allem konnte ich mich kaum an der Schönheit der Kurve vom Rock bis zum Fußknöchel sattsehen –, dachte ich an die herannahende Nacht.

16. April

… Vormittags ging ich nach Nakanishiki zum Einkaufen. Schon lange habe ich versäumt, die Einkäufe für die Küche selbst zu besorgen, und alles der Baya überlassen. Das bedrückt mich ihm gegenüber. Ich habe das ungute Gefühl, die Pflichten einer Hausfrau vernachlässigt zu haben, und so ging ich nach langer Zeit wieder einmal selbst. (Aber es gab ja für mich viel Wichtigeres als die Besorgung des Haushaltes; jene Liebesdienste, die ihn glücklich machen, warteten auf mich, und ich hatte keine Zeit, nach Nishiki zu gehen.) Ich besuchte unseren alten Gemüsehändler und kaufte Bambussprösslinge, Pferdebohnen und grüne Schoten. Als ich die jungen Bambussprösslinge sah, wurde mir bewusst, dass die Zeit der Kirschblüte dieses Jahr unbemerkt an mir vorübergegangen war.

Soweit ich mich erinnere, bin ich letztes Jahr zusammen mit Toshiko vom silbernen Pavillon den Kanal entlang bis zum Honen-Tempel gewandert und habe die Kirschblüte bewundert. Die diesjährigen Blüten sind wohl alle schon abgefallen, und das gemahnt mich wieder daran, was für einen unruhigen und verwirrenden Frühling ich erlebt habe. Wie im Traum sind Februar und März dahingegangen …

Um elf Uhr war ich wieder zu Hause und stellte frische Blumen in das Arbeitszimmer. Mimosen aus dem Garten von Madame, die sie uns heute schickte. Er schien eben erst aufgestanden zu sein und kam nach oben, als ich die Blumen ordnete. Er ist eigentlich ein Frühaufsteher, aber neuerdings schläft er oft sehr lange in den Vormittag hinein.

»Bist du jetzt erst aufgestanden?«, fragte ich.

»Ist heute Sonnabend?«, fragte er zurück und fügte mit verschlafener Stimme hinzu: »Morgen gehst du wohl schon früh aus dem Hause?« (Dabei wirkte er gar nicht verschlafen, sondern sehr unruhig.) Ich murmelte etwas Undeutliches, das weder ein Ja noch ein Nein war.

Um zwei Uhr klopfte es an der Haustür, und jemand begehrte Einlass. Ich öffnete, und herein trat ein fremder Mann. Er käme vom Ishizuka-Institut, sagte er, und wäre ein Spezialist für Massage. Ich konnte mich nicht entsinnen, jemanden bestellt zu haben, aber da kam die alte Baya und sagte: »Ich habe ihn bestellt, weil der gnädige Herr mich gebeten hatte, einen Masseur zu rufen.«

Das ist wirklich merkwürdig! Er mochte sich nie seinen Körper und seine Glieder von einem fremden Menschen massieren lassen, und er hat bis jetzt noch keinen Masseur in seiner Nähe geduldet. Als ich Baya befragte, wie sie dazu käme, diesen Mann zu bestellen, sagte sie: »Der Herr klagt schon seit einiger Zeit über steife Schultern; es ist so schlimm, dass er kaum den Hals drehen kann. Ich erzählte ihm, dass ich einen sehr guten Masseur kenne, der so geschickt ist, dass schon nach ein oder zwei Behandlungen die Schmerzen nachlassen. Er soll es doch einmal mit ihm versuchen. Er braucht nicht zu denken, dass ich ihn beschwindeln will. So habe ich ihm wohl mehrere Tage zugeredet, und seine Schmerzen müssen sehr schlimm geworden sein, denn schließlich bat er mich, den Mann zu rufen.«

Der Masseur schien in den Fünfzigern zu sein und trug eine auffallend dunkle Brille. Ich hielt ihn daher zuerst für blind, aber er war es nicht. Er war ungewöhnlich hager und sah nicht sehr vertrauenerweckend aus. Als ich ihn achtlos mit »Herr Masseur« anredete, fiel mir Baya aufgeregt ins Wort: »Bitte, reden Sie ihn doch bloß mit ›Herr Doktor‹ an, sonst wird er böse.«

Im Schlafzimmer bat er ihn, sich auf das Bett zu legen und lang auszustrecken. Er selbst setzte sich daneben und begann dann mit der Behandlung. Zwar trug er einen weißen, sauberen Kittel, aber er machte auf mich irgendwie einen unsauberen Eindruck. Ich mag nicht, dass ein solcher Mensch auf unserem geheiligten Ehebett sitzt. Ich verstehe jetzt auch, dass er Masseure nicht ausstehen kann.

»Ihre Schultern sind in der Tat sehr steif. Aber nur Geduld, Sie werden sich gleich viel besser fühlen«, sagte er. Sein sonderbar würdevolles Benehmen war lächerlich. Zwei Stunden lang, von halb zwei bis halb vier, massierte er an ihm herum. »Noch ein bis zwei Behandlungen, und Sie werden keine Schmerzen mehr fühlen. Seien Sie darüber nur ganz unbesorgt. Ich werde morgen wiederkommen.« Er ging ebenso überzeugt davon, wie er gesprochen hatte.

»Wie geht es dir?«, fragte ich.

»Es ist ein wenig besser. Aber angenehm war es nicht, und es schmerzt auch, wenn er mit aller Kraft auf meinem Körper herumknetet.«

»Er wollte doch morgen wiederkommen.«

»Ja, noch ein- bis zweimal will ich es mit ihm versuchen.«

Ich hatte den Eindruck, dass er unter den Schmerzen mehr litt, als er zugeben wollte. Als er mich fragte: »Du gehst doch morgen schon früh aus dem Haus?«, fiel es mir daher doppelt schwer, ihm zu antworten: »Ich wollte eigentlich jetzt gleich ausgehen.« Aber ich konnte mein Vorhaben nicht einfach aufgeben, und so machte ich mich um halb fünf Uhr fertig. Ich zog mein europäisches Kleid an, zeigte in der Tür des Schlafzimmers meine Ohrläppchen mit den Ohrringen und machte eine »Ausgehmiene«.

»Ist es nicht Zeit für deinen Stadtbummel?«, fragte ich, um meine Verlegenheit zu verbergen.

»Ich gehe auch gleich«, antwortete er, lag aber noch ganz erschöpft von der Massage auf dem Bett …

17. April

Ein Tag, der für ihn so kritisch war, ist auch für mich ein kritischer Tag. Die heutigen Geschehnisse, die ich jetzt in mein Tagebuch eintrage, werden mir mein ganzes Leben lang unvergesslich bleiben. Ich möchte daher alle, auch die unwichtigen Einzelheiten, genau aufzeichnen. Ich werde bestimmt nichts auslassen. Doch will ich auch nicht zu voreilig sein. Im Augenblick scheint es mir sogar klüger, nicht allzu ausführlich zu werden. Ich brauche ja nicht im Einzelnen darzulegen, wo und wie ich meine Zeit am heutigen Tag vom Morgen bis zum Abend verbracht habe.

Schon lange hatte ich mir einen Plan für den heutigen Sonntag gemacht, und ich führte ihn auch aus. Ich fuhr nach Osaka, traf mich mit Kimura in jenem gewissen Hause und verlebte einen schönen halben Sonntag in seiner Nähe. Vielleicht war dieser Sonntag von den vielen

Sonntagen der wunderbarste. Wir spielten zusammen alle nur erdenklichen Geheimspiele. Ich tat alles, was Kimura sich wünschte. Ich bog meinen Leib, wie er es haben wollte, wir gerieten in die fantastischsten Positionen und ließen unsere Körper sich an den ungewöhnlichsten Stellen berühren, gleichsam wie Akrobaten, und ich wäre mit meinem Mann als Partner wohl niemals auf dergleichen gekommen. (Wann habe ich denn diese Fertigkeit erlangt, meinen Leib so frei und schmiegsam zu gebrauchen! Ich bin über mich selbst erstaunt. Dies alles hat mich Kimura gelehrt.) Wenn Kimura und ich uns in jenem Haus treffen, geben wir uns von der ersten bis zur letzten Sekunde, bis zum Augenblick der Trennung, leidenschaftlich und mit allen erdenklichen Kräften einander hin; wir verlieren kein unnützes Wort, denn jede Minute erscheint uns kostbar. Heute aber gab es einen Augenblick, da der scharfsichtige Kimura mich fragte: »Ikuko, an was denkst du jetzt?« (Kimura nennt mich schon lange Ikuko, wenn wir allein sind.)

»An nichts«, antwortete ich – doch, was noch nie geschehen war, im gleichen Augenblick sah ich vor meinen Augen das Gesicht meines Mannes. Ich strengte mich an, dies Phantom aus meinem Kopf zu vertreiben. Kimura erriet es sofort und sagte:

»Ich weiß schon, du denkst an den Professor. Ich weiß nicht, weshalb, aber auch ich mache mir Gedanken über ihn.« Dann erzählte er mir, dass ihm seither die Schwelle unseres Hauses zu hoch geworden sei und er darum fernbleibe. Er wolle uns aber bald einmal wieder besuchen und hätte schon mit dieser Absicht nach Hause geschrieben, um uns getrockneten Kaviar schicken zu lassen. Ob er denn noch nicht eingetroffen sei? Damit war unser Gespräch beendet, und wir versanken von Neuem in die Welt der Lust. Wenn ich mich jetzt daran erinnere, erscheint es mir wie eine Vorahnung.

Als ich die Tür unseres Hauses wieder hinter mir schloss, war es fünf Uhr, und er war ausgegangen. Ich fragte Baya, und sie erzählte, dass der Masseur auch heute gekommen sei und ihn von zwei bis halb fünf, also dreißig Minuten länger als gestern, behandelt habe.

»Die Schmerzen in den Schultern sind ein Beweis, dass Sie einen hohen Blutdruck haben, aber die Medizin der Ärzte hilft da nichts. Auch wenn Sie zu einem noch so berühmten Professor gehen, so leicht werden Sie nicht kuriert. Überlassen Sie sich besser meiner Behandlung, und ich werde Sie wieder gesund machen. Ich bin übrigens nicht nur Masseur, ich praktiziere vornehmlich die Moxa- und Akupunkturtherapie. Helfen die Massagen nicht, so wollen wir zur Akupunktur übergehen. Die Heilwirkung ist schon nach der ersten Behandlung ganz großartig.« Das habe er gesagt, berichtete Baya. »Den hohen Blutdruck dürfen Sie sich nicht zu sehr zu Herzen nehmen, und Sie brauchen ihn nicht immerfort nachmessen zu lassen. Wenn Sie sich darüber Sorgen machen, steigt er noch höher. Es gibt eine Menge Menschen, die einen Blutdruck von 200 bis 240, 250 haben und ohne besondere Rücksicht auf ihre Gesundheit weiterleben und dabei ganz fidel sind. Also machen Sie sich keine unnötigen Gedanken. Auch dem Wein dürfen Sie ruhig ein wenig zusprechen, und auch auf Zigaretten brauchen Sie nicht zu verzichten. Ihr hoher Blutdruck ist wirklich nichts Bösartiges. Kopf hoch, bald werden Sie wieder munter sein.«

Er hätte Gefallen an diesen Reden gefunden und ihn gebeten, von jetzt ab jeden Tag zu kommen; er würde nicht mehr zu einem Arzt gehen.

Es war halb sechs, als er schließlich vom Spaziergang zurückkam, und um sieben Uhr saßen wir zu zweit beim Abendessen. Eine klare Suppe mit Bambussprösslingen, in Salz gekochte Pferdebohnen, gedämpfte junge Schoten mit Koyadofu – ich hatte diese Sachen alle in Nishiki eingekauft, und Baya hatte sie zubereitet. Dazu gab es ein schönes dickes Filetsteak. (Eigentlich sollte er hauptsächlich vegetarisch essen und fette Sachen ganz vermeiden, aber um es mit mir aufnehmen zu können, will er jeden Tag eine bestimmte Menge Fleisch haben, in Fett geschmort, als Sukiyaki oder auch geröstet; am liebsten aber hat er ein halb rohes, noch etwas blutiges Beefsteak. Er isst es mehr aus Überzeugung als aus wirklicher Vorliebe, doch fühlt er sich unbehaglich, wenn er keins gegessen hat.) Das Braten des Beefsteaks für ihn ist nicht ganz einfach, und wenn ich zu Hause bin, mache ich es stets selbst. Auch der getrocknete Kaviar schien endlich angekommen zu sein und stand auf dem Tisch.

»Wenn wir schon Kaviar haben, wollen wir doch ein wenig dazu trinken«, einigten wir uns, und der Courvoisier wurde hervorgeholt. Allerdings tranken wir nur wenig.

Nach jenem Streit mit Toshiko in meiner Abwesenheit hatte er fast den ganzen Vorrat ausgetrunken, und wir machten uns nun an den Rest. Es blieb für jeden ein Glas. Nach dem Essen ging er wieder nach oben, und um halb elf rief ich ihm zu, dass das Bad bereit sei. Ich wartete, bis er fertig war, und stieg dann selbst hinein. (Es war heute schon das zweite Mal. Eigentlich hatte ich es nicht mehr nötig zu baden, da wir schon in Osaka zusammen im Bad gewesen waren; aber aus Schicklichkeit ihm gegenüber badete ich noch einmal. Ich habe das übrigens schon öfters so gemacht.) Als ich unser Schlafzimmer betrat, lag er schon im Bett. Als er mich sah, zündete er die Stehlampe an. In der letzten Zeit liebte er es nicht, das Schlafzimmer hell zu haben, außer in bestimmten Momenten. Die Arteriosklerose hat nämlich seine Augen angegriffen, und er sieht die Gegenstände um sich herum schillernd und blendend, doppelt und dreifach, und alle starken Lichteindrücke reizen seine Sehnerven so heftig, dass er die Lider kaum offen halten kann. Gewöhnlich lässt er das Zimmer im Halbdunkel, bis er die Leuchtröhren braucht. Die Zahl der Leuchtröhren hat sich inzwischen vermehrt, und sie überfluten das Zimmer jetzt geradezu mit Licht.

Erstaunt blinzelte er, als er mich in der jähen Helligkeit erblickte. Ich weiß wohl, warum: Nachdem ich gebadet hatte, folgte ich einer plötzlichen Eingebung und stieg, mit den neuen Ohrringen geschmückt, ins Bett. Ich kehrte ihm absichtlich den Rücken zu und legte mich so, dass er die hintere Seite der Ohrläppchen zu sehen bekam. Diese nichtssagende Geste, dass ich etwas tat, was er bisher noch nicht an mir beobachtet hatte, versetzte ihn sogleich in Erregung. (Er glaubt wohl, ich sei besonders ausschweifend, aber von mir aus gesehen, gibt es keinen Mann, der so voller Begierde ist. Von morgens bis abends, zu jeder Tageszeit, denkt er bloß daran, und schon die leichteste Andeutung von mir genügt – er kann es nicht unterlassen, darauf zu reagieren. Zeige ich eine Blöße, so zückt er sogleich sein Schwert, um zuzustechen.)

Ich hatte mich noch kaum zurechtgelegt, da setzte er sich zu mir aufs Bett, umschlang mich von hinten und küsste wie besessen meine Ohrläppchen. Ich überließ mich ihm mit geschlossenen Augen. Ich empfand es nicht einmal unangenehm, auf diese Weise von diesem Menschen geküsst zu werden, der »mein Mann« ist, von dem ich jedoch im Augenblick bestimmt nicht behaupten kann, dass ich ihn liebe.

»Was für eine ungeschickte Art zu küssen!«, dachte ich, während ich die seltsam kitzlige Berührung seiner Zunge fühlte, die mir aber nicht unbedingt zuwider war – ja, ich konnte sogar in der Widerwärtigkeit eine Art süßen Beigeschmacks entdecken und fand daran Gefallen. Ich will nicht leugnen, dass er mir zuwider ist, doch wenn ich sehe, wie dieser Mensch meinetwegen außer sich gerät, finde ich eine Freude daran, ihn wahnsinnig zu machen vor Entzücken. Kurz, meine Natur weiß Liebe und Lust zu trennen, etwa indem ich ihn nicht beachte, ihn für einen widerwärtigen Menschen halte, der mir Übelkeit verursacht, und ihn doch gleichzeitig in das Reich der Lust führe, in das ich dann selbst ganz unverhofft mit ihm hineintaumle. Zuerst allerdings bin ich eiskalt. Allein die Überlegung, wie ich es fertigbringe, ihn noch rasender zu machen, nimmt mich gefangen, und ich beobachte ihn aus dem Hinterhalt, wie er schwer atmet, und wie ihm fast die Sinne vergehen, und dabei berausche ich mich an meiner eigenen Kunstfertigkeit. Nach und nach fange auch ich an, schwer zu atmen, bis mich die gleiche Tollheit packt.

Auch heute führte ich ihm all die Spiele vor, die ich tagsüber mit Kimura geübt hatte, verfolgte gespannt, worin die beiden sich unterscheiden, und versuchte, sie »auseinanderzuschmecken«. Wie hölzern und ungeschickt er war, verglichen mit meinem Gefährten vom Tage! Mitleid rührte mich, bis ich schließlich – wie das zugeht, weiß ich beim besten Willen nicht – genau wie am Tage in Erregung geriet. Ich umarmte diesen Menschen mit derselben Kraft, mit der ich Kimura umarmt hatte, schlang meine Arme um seinen Hals und schmiegte mich an ihn. (Daran sieht man, dass du ein liederliches Frauenzimmer bist, würde er wohl behaupten.) Ich erinnere mich nicht mehr genau, wie oft ich ihn schon umarmt hatte, als in dem Augenblick, da ich ihn nach einer Vorbereitung von einigen Minuten wieder einem Höhepunkt zuführte, sein Körper plötzlich zu zittern anfing, erschlaffte und schwer auf mich fiel. Es war mir sofort klar, dass etwas Ungewöhnliches geschehen war. »Anata!«, rief ich. »Du, du!«, doch nur unartikulierte Laute, deren Sinn ich nicht verstehen konnte, entrangen sich ihm, und eine laue Flüssigkeit tropfte auf meine Wangen und lief über mein Gesicht. Speichel rann aus seinem offenen Munde …

18. April

Sofort rief ich mir alle Maßregeln, die mir Dr. Kodama für solche Fälle eingeprägt hatte, ins Gedächtnis. Langsam zog ich meinen Leib, der unter seiner Last zusammengesunken war, unter ihm hervor. Groß und schwer lag sein kraftloser Körper auf mir; er schien, als er zusammenbrach, jäh zugenommen zu haben. Allmählich und mit vieler Mühe schob ich mein Gesicht unter dem seinen hervor, da ich wusste, wie wichtig es war, dass sein Kopf möglichst nicht bewegt wurde. Nein, zuerst nahm ich ihm seine Brille ab, die mich störte. Es lässt sich nicht beschreiben, wie unheimlich sein brillenloses Gesicht aussah, mit den völlig erschlafften Gesichtsmuskeln und halb offenen Augen. Ich stieg vom Bett herunter und drehte ihn mit der größten Vorsicht vom Bauch auf den Rücken. Um seinen Kopf etwas höher zu betten, stopfte ich alle erreichbaren Kissen unter seinen Rücken. Bis auf die Brille war er nackt (auch ich trug bis dahin außer den Ohrringen nichts), aber da ich wusste, dass unbedingte Ruhe geboten war, ließ ich ihn unbekleidet, wie er war, und deckte nur sacht seinen Nachtkimono über ihn.

Ich erkannte, dass seine ganze linke Körperhälfte gelähmt war. Ich wollte wissen, wie spät es war, und sah nach der Uhr auf der Kommode, die unaufhörlich ihr Pendel schwang. Drei Minuten nach eins. Plötzlich bemerkte ich, dass die Leuchtröhren noch brannten. Ich löschte sie, knipste dafür die kleine Lampe auf dem Nachttisch an und legte ein Tuch über ihren Schirm. Ich rief Dr. Kodama und Toshiko an und bat sie, sofort zu kommen. Toshiko befahl ich, einen Eishändler zu wecken und ein paar Stücke Eis zu besorgen. (Ich glaubte, ganz ruhig zu sein, doch meine Hand mit dem Hörer zitterte.) Toshiko kam nach vierzig Minuten. Gerade als ich in der Küche nach Eisbeutel und Wasserkissen suchte, kam sie mit dem Eis zur Tür herein, legte es auf das Holz im Ausguss, sah mich scharf an, um meine Miene zu erkunden, und begann harmlos, das Eis zu zerkleinern. Ich berichtete ihr kurz über Papas Zustand. Ausdruckslos, als wäre es unnötig, sich jetzt noch aufzuregen, nickte sie nur mit dem Kopf und fuhr in ihrer Beschäftigung fort. Sie hackte an dem Eis herum, als gälte es, eine Mahlzeit vorzubereiten.

Wir gingen ins Schlafzimmer, um die gelähmte Seite mit Eisbeutel und Wasserkissen zu kühlen. Wir wechselten kein Wort. Wir sahen uns nicht an. Wir vermieden es, uns nahe zu kommen.

Um zwei Uhr erschien Dr. Kodama. Ich ließ Toshiko am Bett des Kranken zurück und begrüßte den Arzt vor der Tür. Ich erzählte ihm hastig die näheren Umstände seines Kollapses – Dinge, die ich Toshiko natürlich verschwiegen hatte. Dabei errötete ich wieder. Seine Untersuchung war sehr sorgfältig und umsichtig.

»Bitte geben Sie mir eine Taschenlampe«, sagte er und untersuchte die Augenreflexe des Patienten. Dann sagte er: »Könnte ich wohl ein Stäbchen haben?« Toshiko brachte zwei aus der Küche.

»Ich möchte das Zimmer für kurze Zeit hell haben.« Er sprach das in seine Untersuchung hinein, ohne aufzusehen, und gebot uns, die Leuchtröhren anzuknipsen. Mit der Stäbchenspitze strich er mehrere Male von der Ferse zu den Zehen, ganz langsam, erst über die rechte Fußsohle und dann über die linke. (Dr. Kodama erklärte mir nachher, dass damit der Babinski-Reflex geprüft wird. Krümmen sich die Sohlen eines der beiden Füße beim Streichen reflektiv nach oben, so kann man daraus schließen, dass auf der dem reagierenden Fuße entgegengesetzten Seite eine Gehirnblutung eingetreten ist. »Bei Ihrem Gatten müssen wir annehmen, dass ein Teil der rechten

Hirnhälfte gelähmt ist«, sagte er.) Dann zog er die Decke, die über den Kranken gebreitet war, zur Seite und schob auch den Kimono von unten her bis zum Unterleib zurück. Toshiko und Dr. Kodama bemerkten erst jetzt, dass mein Mann nackt war. Beide hielten für einen Augenblick den Atem an, als sie den entblößten Unterleib in dem hellen fluoreszierenden Licht sahen. Für mich war es noch viel peinlicher.

Es kam mir fast unwahrscheinlich vor, dass der Körper meines Mannes noch vor einer Stunde auf meinem Leib gelegen hatte. Wie viele Male war mein nackter Körper von diesem Menschen gesehen und sogar fotografiert worden; doch niemals hatte ich selbst seinen nackten Leib aus einem solchen Blickwinkel genau betrachtet. Ich hätte es gekonnt, aber ich hatte es immer vermieden. Wenn er nackt war, habe ich mich stets fest mit beiden Armen an ihn geklammert und mich so dicht an ihn geschmiegt, dass ich ihn nicht zu sehen bekam. Er kannte jede Stelle meines Körpers bis zur letzten Pore. Ich aber wusste von den Einzelheiten seines Körpers nicht entfernt so viel wie von dem Kimuras, und wollte es auch gar nicht wissen. Ich konnte mir nämlich leicht vorstellen, dass er mich dann noch mehr abgestoßen hätte. Es kam mir unglaubwürdig vor, dass ich mit einem so armseligen Menschen geschlafen hatte. Man behauptet von mir, ich hätte krumme Beine. Doch als ich ihn jetzt so liegen sah, wurde mir erst ganz deutlich, wie verbogen seine eigenen Gliedmaßen sind. Dr. Kodama spreizte seine Beine in einem Winkel von etwa sechzig Grad, sodass die Hoden frei lagen. Dann strich er mit dem Stäbchen vom Knie her an der Innenseite des Oberschenkels entlang bis herauf zur Leistenbeuge. (Ich ließ mir auch diese Untersuchung erklären und erfuhr, dass damit der Reflex der Hodenmuskeln geprüft wird. Dr. Kodama nannte das den Cremaster-Reflex.) Zwei-, dreimal bestrich er abwechselnd den rechten und den linken Oberschenkel. Die rechte Hode machte dabei die weichen Auf-und-ab-Bewegungen einer Seeohrmuschel, während sich links kaum etwas bewegte. Toshiko und ich wussten nicht, wo wir unsere Blicke lassen sollten. Schließlich ging Toshiko hinaus. Danach prüfte er Temperatur und Blutdruck. Das Thermometer zeigte nichts Ungewöhnliches. Der Blutdruck lag etwas über 190. Dr. Kodama nahm an, dass die innere Blutung die Senkung bewirkt hatte. Danach setzte er sich auf einen Stuhl neben dem Bett und überwachte den Zustand des Kranken nahezu zwei Stunden lang. Aus den Venen des Armes zapfte er ihm etwa 100 Gramm Blut ab und spritzte ihm eine konzentrierte Lösung von 50 % Traubenzucker mit Theophyllin, Vitamin BI und Vitamin K ein.

»Ich komme am Nachmittag noch einmal, doch wird es gut sein, wenn Sie auch Professor Aiba herbitten«, sagte er. Ich hatte es mir schon vorgenommen, Professor Aiba anzurufen, auch wenn er es nicht vorgeschlagen hätte.

»Soll ich unsere Verwandten benachrichtigen?«

»Wir wollen noch etwas warten«, antwortete er vorsichtig.

Dr. Kodama verließ uns ungefähr um vier Uhr morgens. Als ich ihn aus dem Haus geleitete, bat ich ihn, mir eine Krankenschwester zu schicken.

Morgens um sieben Uhr kam Baya. Toshiko ging vorerst nach Sekitamachi zurück, versprach aber, am Nachmittag wieder da zu sein.

Ich wartete, bis Toshiko gegangen war, und rief dann Kimura an. Ich berichtete ihm genau über den Zustand des Kranken und teilte ihm mit, dass es im Augenblick besser sei, einen Krankenbesuch zu unterlassen. Er bat trotzdem, kommen zu dürfen, da er sehr beunruhigt sei. Ich erklärte ihm, dass der Kranke zwar einseitig gelähmt und der Sprache beraubt sei, doch könne man nicht sicher behaupten, dass er gänzlich ohne Bewusstsein sei, und wenn er ihn, Kimura, zu Gesicht bekäme, sei zu befürchten, dass er sich aufregen würde. Er versprach daraufhin, das Krankenzimmer nicht zu betreten, und bat nochmals, mich am Eingang des Hauses sehen zu dürfen.

Gegen neun Uhr begann mein Mann zu schnarchen. Er tat es auch sonst, doch heute war es besonders laut und schien mir anders als gewöhnlich. Er muss bis jetzt, obgleich umnebelt und verwirrt, einen Rest von Bewusstsein besessen haben, aber nun schien er in vollkommene Lethargie zu versinken. Ich rief nochmals Kimura an und sagte ihm, so, wie es jetzt stünde, könne er ruhig ins Krankenzimmer kommen.

Um elf Uhr kam ein Anruf von Dr. Kodama. Er habe sich inzwischen mit Professor Aiba in Verbindung gesetzt, der am Nachmittag um zwei Uhr bei dem Kranken sein wolle. Er selbst werde auch zugegen sein.

Mittags, kurz nach halb zwölf, kam Kimura. Er hatte die Pause zwischen den Unterrichtsstunden benutzt. Er trat ins Krankenzimmer und setzte sich eine Weile neben das Bett. Ich beobachtete den Kranken. Während Kimura auf einem Stuhl saß, ließ ich mich auf dem Bett nieder. (Eigentlich war es mein Bett, da er ja zu mir herübergekommen war.) Wir wechselten einige Worte. Das Schnarchen wurde auffallend stark. Es klang wie ferner Donner. (Ob dies Schnarchen echt ist?, fuhr es mir durch den Kopf. Kimura las den Argwohn in meiner Miene und schien dasselbe gedacht zu haben. Doch wir sagten nichts und schwiegen vor uns hin.)

Um ein Uhr verabschiedete sich Kimura.

Bald darauf kam die Krankenschwester. Sie stellte sich als Fräulein Koike vor und ist ein niedliches Persönchen von vierundzwanzig Jahren. Schließlich erschien auch Toshiko. Endlich fand ich Zeit, etwas zu mir zu nehmen. Seit gestern Abend hatte ich nichts gegessen.

Um zwei Uhr kam Professor Aiba zur Untersuchung. Dr. Kodama begleitete ihn. Das Ergebnis war ungefähr das gleiche wie heute früh. Die Lethargie des Kranken hatte sich allerdings verstärkt, und er hat jetzt etwas Fieber. Das Thermometer zeigte 38,2. Auch der Professor prüfte den Babinski-Reflex, den Testikeltest nahm er jedoch nicht vor. Nach Ansicht des Professors sollte auch ein Aderlass vermieden werden. Er gab Dr. Kodama noch genaue Anweisungen für die weitere Behandlung; dabei gebrauchte er viele mir unverständliche medizinische Ausdrücke.

Als die beiden Ärzte gegangen waren, erschien auch heute der Masseur zur üblichen Stunde. Toshiko empfing ihn an der Tür, wandte den Kopf in die Richtung des Krankenzimmers und sagte sarkastisch: »Da haben Sie den Erfolg Ihrer Behandlung!« Damit schickte sie ihn ohne weitere Worte weg. Toshiko hatte zugehört, als Dr. Kodama mir erklärte:

»Eine zweistündige, derart heftige Massage war bestimmt schädlich. Möglich, dass hier die Ursache liegt.«

(Vielleicht kannte Dr. Kodama die wahre Ursache des Kollapses und schob, um mich ein wenig zu trösten, die Schuld auf den Masseur.)

»Ach, was habe ich nur getan! Ich hätte dem gnädigen Herrn diesen Mann nicht empfehlen sollen«, klagte sich die untröstliche Baya immer von Neuem an.

Kurz nach drei Uhr kam Toshiko zu mir und sagte: »Mama, leg dich doch ein wenig hin.«

Ich hatte wirklich etwas Ruhe nötig. Aber im Schlafzimmer lag der Kranke, und Toshiko und Schwester Koike hielten Wache; im Esszimmer war ein ständiges Kommen und Gehen. Toshikos Zimmer stand zwar leer, aber sie sieht es nicht gern, dass jemand anders das Zimmer benutzt, selbst wenn sie nicht darin wohnt. Sie hält Schrank, Schreibtisch und Schubfächer verschlossen, und ich betrete diesen Raum nur selten. Es blieb mir nichts anderes übrig, als in sein Arbeitszimmer zu gehen. Ich breitete ein paar Decken auf dem Fußboden aus und legte mich schlafen. Für eine Weile werde ich mich hier mit der Krankenschwester abwechseln müssen.

Obwohl ich mich ausgestreckt hatte und sehr müde war, fand ich keinen Schlaf, und ich gab den Versuch bald auf. Es lag mir am Herzen, die Geschehnisse seit gestern Abend aufzuschreiben, und so benutzte ich die Zeit, um meine Aufzeichnungen im Liegen fortzusetzen.

(Ohne von Toshiko gesehen zu werden, hatte ich mein Tagebuch und mein Schreibzeug schon mit nach oben genommen.) Ich brauchte anderthalb Stunden, um die Vorfälle von gestern Morgen bis heute aufzuschreiben. Ich versteckte die Blätter hinter dem Bücherbord und ging hinunter, als ob ich eben erst aufgestanden wäre. Es war schon fast fünf Uhr. Ich ging sogleich ins Krankenzimmer. Der Kranke schien aus seiner Ohnmacht aufgetaucht zu sein. Er öffnete manchmal die Augen und blickte um sich. Man sagte mir, das sei seit ungefähr zwanzig Minuten so. Er hatte also seit neun Uhr heute Morgen sieben Stunden ununterbrochen geschlafen.

Schwester Koike meinte:

»Welch ein Glück, dass er aufgewacht ist.« Wenn jemand über vierundzwanzig Stunden ohne Bewusstsein liege, erklärte sie, könne es gefährlich werden. Die linke Körperhälfte schien noch immer gelähmt zu sein.

Um halb sechs öffnete der Kranke den Mund. Er schien etwas sagen zu wollen. (Die Laute blieben noch immer schwer verständlich, doch war mir, als ob er etwas klarer spräche als heute früh nach dem Anfall.) Er bewegte langsam seine linke Hand und zeigte auf seinen Unterleib. Er musste in Nöten sein, und ich hielt ihm das Glas hin. Doch es ging nicht. Er machte einen sehr gequälten Eindruck.

»Möchtest du zur Toilette?«, fragte ich, und da er nickte, hielt ich ihm das Glas noch einmal hin. Auch diesmal ohne Erfolg. Er hatte lange keine Entleerung gehabt, und der Druck im Unterleib musste sehr schmerzhaft sein. Schließlich fiel mir ein, dass auch die Muskeln der Blase gelähmt sein konnten. Ich fragte Dr. Kodama telefonisch um Rat. Ein Katheter wurde besorgt, und Schwester Koike führte ihn ein. Die Wassermenge war sehr groß.

Um sieben Uhr flößten wir dem Kranken mit einem Halm etwas Milch und Fruchtsaft ein.

Um halb elf ging Baya nach Hause. Ihre Familienverhältnisse erlaubten ihr nicht, bei uns zu übernachten, und es war schon ein großes Entgegenkommen von ihr, bis zu dieser vorgerückten Stunde zu arbeiten.

Toshiko fragte mich: »Was soll ich machen?«

Mir kam es so vor, als wollte sie sagen:»Ich könnte schon bei euch übernachten. Mir macht es nichts aus, aber ist es dir denn recht?«

»Tu, wie du meinst. Eine kleine Besserung ist immerhin eingetreten, und du brauchst dir keine Sorgen zu machen. Wenn sein Zustand sich verschlechtern sollte, rufe ich dich an«, sagte ich. Sie war einverstanden und ging um elf Uhr nach Sekitamachi zurück.

Der Kranke ist eingenickt, doch scheint er nicht fest zu schlafen.

19. April

… Mitternacht. Schweigend und gedankenleer sitzen wir, Schwester Koike und ich, im Krankenzimmer. Damit kein Licht auf den Kranken fällt, lesen wir hinter einer verdunkelten Lampe Zeitungen und Illustrierte und schlagen die Zeit tot. Ich bitte Schwester Koike, sich doch ein wenig hinzulegen; sie will aber nicht auf mich hören. Endlich um fünf Uhr, als der Tag dämmert, geht sie schlafen.

Die Sonnenstrahlen, die durch die Ritzen der geschlossenen Schiebetür dringen, scheinen den Kranken in seinem ruhigen Schlummer zu stören. Ohne dass ich es merkte, hat er mir sein Gesicht zugewandt und starrt mich mit halb offenen, dumpfen Augen an. Ich weiß nicht, ob er mich, die ich auf einem Stuhl neben ihm sitze, wirklich nicht sieht oder nur so tut. Es ist mir nämlich, als suchten mich seine Augen. Er bewegt die Lippen, um etwas zu sagen. Seine Stimme ist schwach und verschwommen, und ich kann ihn nicht verstehen; nur einmal glaube ich etwas zu begreifen. Oder ist es Einbildung? Ich meine zu hören, wie er »Ki-mu-ra« stammelt. Danach öffnet und schließt er den Mund wieder und lallt nur Unverständliches. Aber das Wort »Ki-mu-ra« meine ich bestimmt gehört zu haben. (Vielleicht hätte er auch den Rest deutlicher artikulieren können, wenn er gewollt hätte; aber er schämte sich wohl, und um seine Verlegenheit zu verbergen, suchte er mich mit diesem unverständlichen Gelalle zu täuschen.) Das wiederholte sich ein-, zweimal. Um sieben Uhr kam Baya, ein wenig später Toshiko. Schwester Koike stand um acht Uhr auf.

Um halb neun bekam der Kranke sein Frühstück – eine Schale Reisbrei, Eidotter und Apfelsaft. Ich fütterte ihn mit einem Löffel. Offensichtlich ließ sich der Kranke intimere Dienste lieber von mir erweisen als von Schwester Koike. Etwas nach zehn Uhr stellte sich Harndrang ein. Ich holte schnell das Geschirr, aber die Reaktion blieb aus. Als ihn Schwester Koike kathetern wollte, schien er das nicht zu mögen, denn er bedeutete uns mit Handbewegungen, den Katheter wieder wegzunehmen. Da uns nichts anderes übrigblieb, reichte ich ihm noch einmal das Glas. Über zehn Minuten vergingen, ohne dass etwas geschah. Er wurde sehr ungeduldig. »Sicher ist es Ihnen unangenehm; aber wollen wir es nicht noch einmal versuchen? Es wird Sie bestimmt erleichtern!«, redete ihm Schwester Koike wie einem Kinde zu und brachte den Katheter aus dem Nebenzimmer. Der Kranke stammelte wieder unverständliche Worte vor sich hin und versuchte, etwas mit den Händen anzudeuten. Schwester Koike, Toshiko und ich befragten ihn zu dritt eindringlich. Ich hatte den Eindruck, dass er mit mir sprechen wollte und mir zu sagen versuchte: »Wenn es denn ohne Katheter nicht geht, so tu du es. Schwester Koike und Toshiko sollen so lange nach drüben gehen.« Mit großer Mühe gelang es Toshiko und mir, ihm plausibel zu machen, dass ein Katheter nur von einer geübten Krankenschwester gehandhabt werden kann und er es sich von ihr einführen lassen müsse. Gegen zwölf nimmt der Kranke sein Mittagessen ein. Es ist ungefähr das Gleiche wie das Frühstück. Sein Appetit scheint ganz ordentlich zu sein.

Um halb eins kommt Kimura. Ich berichte ihm am Hauseingang, dass der Kranke aus seiner Ohnmacht erwacht ist, dass sein Bewusstsein langsam klarer wird, dass er mehrmals »Kimura« gemurmelt hat und anderes mehr. Ich bitte ihn, nach Hause zu gehen.

Später, kurz nach eins, erscheint Dr. Kodama zur Visite. Der Verlauf der Krankheit sei bisher günstig, obwohl wir immer noch vorsichtig sein müssten. Wie es jetzt stehe, könne man das Beste hoffen. Der höchste Blutdruck liegt bei 165, der tiefste bei 110. Die Temperatur ist auf 37,2 heruntergegangen. Auch heute prüfte er den Babinski-Reflex und den Cremaster-Reflex. (Ich war besorgt, was für ein Gesicht der Kranke wohl machen werde bei der peinlichen Prüfung der Muskelreaktion des Testikels, doch starrte er nur mit ausdruckslosen, dumpfen Augen in die Luft und ließ alles über sich ergehen.) Er bekam Traubenzucker, Theophyllin und Vitaminspritzen.

Ich habe mir Mühe gegeben, unsere Bekannten nichts über seine Erkrankung wissen zu lassen. Aber mit der Zeit hat es sich doch an der Universität herumgesprochen, und wir bekommen nachmittags immer wieder Besuche und Telefonanrufe. Von allen Seiten treffen Obstkörbe und Blumensträuße ein. Die Dame von Sekitamachi, Toshikos Wirtin, besucht mich ebenfalls, und als sie hört, dass es dasselbe Leiden ist wie bei ihrem verstorbenen Mann, überschüttet sie mich mit aufrichtigem Mitleid. Sie überreicht mir einen Strauß Flieder, den sie in ihrem Garten geschnitten hat. Toshiko steckt die Blumen in eine Vase und trägt sie ins Krankenzimmer.

»Papa, sieh, Madame hat aus ihrem Garten Flieder für uns gebracht«, sagte sie, und während sie ihn beobachtet, bringt sie einen Blumenständer und stellt den Strauß so hin, dass der Kranke ihn gut sehen kann. Unter den Früchten in den Obstkörben sehe ich Blutorangen, die er besonders gern mag. Mit dem Mixer presse ich ein paar aus und reiche ihm den Saft.

Um drei bitte ich Schwester Koike und Toshiko, auf den Kranken zu achten, und gehe hinauf in mein Zimmer. Ich schreibe in meinem Tagebuch und lege mich schlafen …

Das Schlafbedürfnis war nun doch groß, ich hatte viel nachzuholen. Ich schlief, ich weiß nicht, wie viel Stunden, fest und tief. Toshiko ging gegen acht Uhr kurz nach dem Abendessen. Baya verließ uns um halb zehn …

20. April

Es ist schon nach Mitternacht, und ich habe es eins schlagen hören. Schwester Koike kommt nach oben, um zu schlafen.

Ich übernehme die Wache im Krankenzimmer. Am frühen Abend hatte der Kranke vor sich hingedöst und war dann ein wenig eingenickt, doch zehn Minuten nachdem Schwester Koike ihn verlassen hat, habe ich ein Gefühl, als läge er wieder wach. Ich kann es im Schatten des Halbdunkels nicht deutlich erkennen, doch ist mir, als hätte er zugleich mit einer leisen Bewegung seines Körpers den Mund geöffnet. Als ich ihm verstohlen ins Gesicht schaue, erkenne ich, dass er die Augen offen hat; wer weiß, seit wann. Ich habe mich also nicht getäuscht. Und diese Augen sehen an meinem Gesicht vorbei auf etwas hinter mir. Auf den Fliederstrauß, den Toshiko in die Vase gestellt hat? Ja, darauf scheinen die Augen des Kranken zu ruhen. Die Nachttischlampe ist so abgeblendet, dass nur ein kleiner Teil des Raumes erhellt wird, in dem man Zeitung lesen kann. Am Rande des Lichtkegels steht der Flieder in mattem weißem Duft. Auf diesen weißen Schatten starrt er, anscheinend ohne es zu wollen und in tiefen Gedanken. Ich weiß nicht, warum, aber es gibt mir einen Stich ins Herz.

Als Toshiko gestern die Blumen brachte und dazu bemerkte: »Madame hat sie selbst in ihrem Garten geschnitten und uns geschenkt«, kam es mir unnötig vor, das jetzt zu sagen, aber ich dachte: »Wer weiß, mit welcher Absicht Toshiko es tut.« – Sicher hatte der Kranke ihre Worte gehört und verstanden. Doch auch, wenn es ihm entging, wird er sich beim Anblick der Blumen gewiss an den Garten in Sekitamachi erinnern, wo der seltene Strauch steht. Er wird sich an das abgelegene Zimmer jenes Hauses erinnern, und die Geschehnisse vieler vergangener Nächte werden ihm wieder lebendig werden. Es kann sein, dass meine Befürchtungen unnötig sind, aber wenn ich sein Gesicht sehe, ist mir, als ob hinter den ausdruckslosen, leeren Augen solche Bilder auftauchten. Eilig rücke ich das Licht von den Blumen ab …

… Morgens um sieben Uhr trug ich die Vase mit dem Flieder aus dem Zimmer und ersetzte sie durch eine Schale mit Rosen …

… Nachmittags um ein Uhr Besuch von Dr. Kodama. Die Temperatur ist auf 36,8 heruntergegangen. Der Blutdruck steigt wieder. Höchster Druck 185, tiefster Druck 140. Er verabreicht daher Neo-Hypotonin. Auch heute untersucht er die Reaktion des Testikels. Ich begleite ihn bis zur Pforte und berichte ihm. Da die Blase noch immer gelähmt sei, hätte ihn Schwester Koike auch heute Morgen kathetert. Der Kranke fürchte sich jedes Mal vor dieser Prozedur, wie ihm überhaupt die geringste Kleinigkeit auf die Nerven zu gehen scheine. Er rege sich allzu schnell auf, und die gehemmte Bewegungsfähigkeit der Hände und Füße und des Mundes mache ihn immer ungeduldiger. Ich bitte Dr. Kodama um Rat. Es wird beschlossen, ihm zur Beruhigung und zum Schlafen Luminal zu geben …

… Toshiko ließ sich vormittags nicht sehen, kam erst nachmittags um fünf Uhr … Etwa um zehn Uhr hören wir das Schnarchen des Kranken, ganz anders als das Schnarchen von vorgestern. Es scheint mir Zeichen eines festen Schlafes zu sein. Das Luminal, das wir ihm gleich nach dem Abendessen gespritzt haben, beginnt zu wirken. Toshiko beugt sich über sein schlafendes Gesicht und sagt: »Wie schön. Er scheint tief zu schlafen.« Dann dreht sie sich um und geht nach Hause. Kurz darauf folgt ihr Baya. Ich schicke Schwester Koike nach oben zum Schlafen. Kurz vor elf klingelt das Telefon. Es ist Kimura.

»Verzeihen Sie, dass ich zu dieser späten Stunde anrufe«, entschuldigt er sich. (Ob ihm Toshiko wohl gesagt hat, dass ich jetzt allein bin?) »Bitte erzählen Sie mir, wie es steht.«

Ich berichte ihm und lasse ihn wissen, dass das Schlafmittel gewirkt hat und er in tiefem Schlaf liegt und schnarcht.

»Ist es erlaubt, jetzt zu Ihnen zu kommen, um zu sehen, wie es geht?« Ich überlege, wen von uns beiden er eigentlich sehen will.

»Wenn Sie kommen, warten Sie bitte im Garten am hinteren Ausgang auf mich, und benutzen Sie bitte nicht die Klingel an der Pforte. Falls ich nicht herauskommen sollte, wissen Sie, dass es mir nicht passt, und gehen Sie dann bitte wieder nach Hause«, flüstere ich so leise wie irgend möglich. Nach einer Viertelstunde höre ich vorsichtige Schritte im Garten. Der Kranke schnarcht immer noch gleichmäßig. Ich lasse Kimura durch den Hintereingang herein und unterhalte mich etwa eine halbe Stunde mit ihm im Dienstmädchenzimmer …

Als ich wieder das Krankenzimmer betrete, dauert das Schnarchen unvermindert an.

… Nachmittags ein Uhr: Untersuchung von Dr. Kodama. Höchster Blutdruck: 180, tiefster: 136. Der Blutdruck ist heute also ein wenig niedriger als gestern, doch besteht kein Anlass, sorglos zu werden.

»Wenn der höchste Blutdruck wenigstens auf 170 heruntergehen und die Differenz über 50 betragen würde …«, meint der Arzt. Die Temperatur ist endlich normal und liegt bei 36,5. Auch der Urin ist heute Morgen, als ich ihm das Glas reichte, zwar mit Anstrengung, doch auf natürliche Weise gekommen. Der Appetit lässt nichts zu wünschen übrig; er nimmt alles zu sich, was man ihm anbietet, doch geben wir ihm vorderhand nur Brei und ähnliche Sachen …

Um zwei Uhr übergebe ich den Kranken Schwester Koike und gehe nach oben. Schreibe mein Tagebuch und schlafe bis fünf …

Als ich wieder ins Krankenzimmer kam, war Toshiko schon da. Um halb sechs, eine halbe Stunde vor dem Abendessen, gaben wir ihm auch heute eine Luminalspritze. Da die Spritze erst nach vier, fünf Stunden wirkt, sei es das Beste, die Injektion jeden Tag um diese Zeit zu verabreichen, damit er nachts gut schlafen könne, hatte Dr. Kodama angeordnet. Wir ermahnten Schwester Koike, den Kranken nicht wissen zu lassen, dass die Spritze ein Schlafmittel enthält. Er soll glauben, dass es sich um ein Antihypertonicum handelt, ein Mittel also, um den Blutdruck zu senken …

Sechs Uhr. Als das Abendessen an den Nachttisch des Kranken gebracht wird, bewegt er den Mund, als möchte er etwas sagen. Er wiederholt zwei-, dreimal dasselbe Wort, doch können wir nicht verstehen, was er meint. Ich nehme den Löffel, um ihn mit Reisbrei zu füttern, aber er hält meine Hand zurück und bewegt noch immer die Lippen. In der Annahme, er wolle nicht von mir gefüttert werden, lasse ich es Toshiko versuchen. Ohne Erfolg. Dann probiert es Schwester Koike. Doch an der Bedienung scheint es nicht zu liegen. Nach und nach geht mir auf, was er sagt: »Bi-fu-te-ki, Bi-fu-te-ki.« So unglaublich es klingt, dies und nichts anderes hat er gesagt.

»Beefsteak, Beefsteak«, stammelt er und sieht mich bittend an; dann kneift er die Augen zu.

Ich selbst konnte mir zwar vorstellen, um was der Kranke bat, doch sicher hatten die beiden anderen ihn nicht begriffen. (Dass Toshiko ihn verstand, war immerhin möglich.) Ich schüttelte leise den Kopf, damit die anderen es nicht bemerkten, und wollte ihm so zu verstehen geben: »An dergleichen darfst du jetzt nicht denken. Du musst dich noch ein Weilchen gedulden.« Ob er mich wohl verstand? Ich wüsste es gern. Jedenfalls sagte er nichts mehr, öffnete willig den Mund und schlürfte den Brei, den ich ihm reichte …

Um acht Uhr ging Toshiko, um neun Uhr Baya.

Zehn Uhr: Der Kranke schnarcht und schläft tief. Lasse Schwester Koike nach oben gehen. Punkt elf Uhr höre ich Schritte im Garten. Lasse ihn zum Hintereingang herein in das Mädchenzimmer. Um zwölf Uhr verabschieden wir uns. Das Schnarchen dauert an.

22. April

… Keine besonderen Veränderungen in seinem Befinden. Der Blutdruck ist etwas höher als gestern. Mithilfe der Luminalinjektionen scheint er nachts weiterhin gut zu schlafen, doch tagsüber peinigen ihn vage Vorstellungen, und darüber wird er ungeduldig und nervös. Dr. Kodama behauptet, er brauche jeden Tag über zwölf Stunden Schlaf. Wirklich tief schläft er aber nur sechs bis sieben Stunden, die übrige Zeit döst er vor sich hin, und es ist fraglich, ob man das Schlaf nennen kann. (Aus jahrelanger Erfahrung weiß ich, dass sein Schlaf nicht tief ist, wenn er schnarcht, und dass er sich dann bestenfalls in einem Zustand zwischen Wachen und Schlafen befindet. Ja, sein Schnarchen erscheint mir oft sogar nur gespielt.) Mit Dr. Kodamas Erlaubnis bekommt er von morgen ab jeden Tag zweimal ein Schlafmittel eingespritzt, einmal am Vormittag und einmal am Nachmittag …

… Toshiko geht um die übliche Zeit nach Hause, bald darauf Baya. Um zehn Uhr beginnt das Schnarchen. Um elf Uhr höre ich Schritte im Garten …

23. April

… Seit dem ersten Anfall ist eine Woche vergangen. Vormittags neun Uhr. Nach dem Frühstück, als Schwester Koike das Tablett in die Küche trägt, nimmt er die Gelegenheit wahr, dass wir allein sind, und bewegt die Lippen.

»Tage-buch, Tage-buch«, stammelt er. Verglichen mit seinem gestrigen »Bi-fu-te-ki«, ist seine Aussprache bedeutend klarer geworden.

»Tage-buch, Tage-buch« – das Tagebuch scheint ihn zu beunruhigen.

»Willst du in deinem Tagebuch schreiben? Ist das nicht ein wenig zu früh?« Er schüttelt den Kopf mit aller Kraft.

»Nein? Du meinst also nicht das Tagebuch?«, frage ich.

»Dein Tagebuch!«, sagt er.

»Mein Tagebuch?«, frage ich.

Er nickt und meint: »Dein, ja – was macht dein Tagebuch?«

»Du weißt, ich habe nie ein Tagebuch geschrieben«, behaupte ich harmlos. Ein schwaches Lächeln spielt um seine Mundwinkel, als wolle er sagen: »Ja, natürlich, ich weiß schon.«

Zum ersten Mal seit jenem Zusammenbruch lächelt er, wenn auch nur ganz leicht – ein rätselhaftes Lächeln, dessen Bedeutung ich nicht verstehe.

Schwester Koike geht, nachdem sie sein Tablett in die Küche gebracht hat, ins Esszimmer und nimmt ihr Frühstück ein. Um zehn Uhr erscheint sie in der Tür, tritt auf das Bett zu und bleibt mit dem Rücken zu mir stehen. Schweigend nimmt sie die Spritze und will in seinen Arm stechen.

»Was für eine Spritze?«, fragt er.

Da er am Vormittag noch nie Spritzen bekommen hat, scheint er misstrauisch zu sein.

»Ihr Blutdruck ist noch ein wenig hoch, und diese Spritze soll helfen, ihn herunterzudrücken«, antwortet Schwester Koike.

Nachmittags ein Uhr. Besuch von Dr. Kodama. Um halb drei, nachdem der Kranke angefangen hat zu schnarchen, gehe ich nach oben. Als ich um fünf herunterkomme, hat das Schnarchen schon aufgehört. Ich frage Schwester Koike; sie berichtet, dass der Kranke nur knapp eine Stunde tief und fest geschlafen habe. Danach sei der Kranke mehrmals aufgewacht und wieder eingeschlafen. Die Schlafmittel wirken also nur bei Nacht. Bei Tage ist ihm auch damit nicht zu helfen.

Nach dem Abendessen bekommt er die übliche zweite Spritze. Punkt elf Uhr höre ich Schritte im Garten …

24. April

Heute ist der zweite Sonntag seit Beginn der Erkrankung. Hatten morgens einige Besucher. Da ich sie nicht ins Haus nötigte, gingen alle gleich wieder, ohne den Kranken zu sehen.

Dr. Kodama kam nicht zur Untersuchung. Das Befinden des Kranken zeigte keine besonderen Veränderungen. Um zwei Uhr erschien Toshiko. Sie kommt sonst regelmäßig in den Abendstunden und postiert sich für eine Weile im Krankenzimmer, doch heute war sie schon am Nachmittag da. Sie stand neben ihrem schnarchenden Papa, musterte mich und sagte: »Ich dachte nur, heute würden wohl viele Gäste kommen …«

Als ich nichts darauf erwiderte, fuhr sie fort: »Mama, hast du keine Besorgungen, die du erledigen möchtest? …

Geh doch wenigstens am Sonntag etwas an die frische Luft!« Ob das ihre eigenen Gedanken sind? Oder ob er sie darum gebeten hat? Dann hätte er es doch gestern sagen können. Es kam aber nichts dergleichen zur Sprache. Vielleicht, dass er es mir nicht direkt zu sagen wagt und es mir durch Toshiko nahebringen lässt? …

Oder beargwöhnte Toshiko uns, wenn auch ganz grundlos?

Ich malte mir plötzlich aus, wie er gerade um diese Zeit in jenem Hotel in Osaka sehnsuchtsvoll darauf wartete … dass ich käme … War es nicht möglich? War es nicht wirklich? … Solche Wahnvorstellungen suchten mich heim. Ich wollte es mir ausreden: »Es kann ja nicht sein. Es ist unmöglich«, dachte ich. Aber obgleich ich die Möglichkeit verneinte, bedrängte der Gedanke mich immer wieder. Ich konnte nicht davon loskommen.

»Was mache ich nur, falls er auf mich wartet?«

Wie sehr ich auch darüber nachdachte, es war keine Zeit, hinzugehen. Ich konnte dem Haus unmöglich so lange fernbleiben. Wenn doch schon der nächste Sonntag da wäre, dachte ich … Aber mir lag noch etwas anderes auf dem Herzen, und ich sagte zu Toshiko: »Ich möchte gern nach Nishiki gehen und einige Besorgungen machen. In einer Stunde bin ich wieder zurück.«

Ich rief eine Riksha und fuhr in größter Eile nach Nishiki. Um einen Beweis zu haben, dass ich tatsächlich Besorgungen erledigen musste, kaufte ich auf dem Markt in Nishiki etwas Gemüse und ein paar Lebensmittel. Dann fuhr ich nach Sanjoo-Teramachi, ging in das mir schon von früher bekannte Papierwarengeschäft und besorgte mir zehn große Bogen japanisches Reispapier und ein stärkeres Blatt zum Einbinden. Ich ließ sie mir in der Größe meines Tagebuches zuschneiden und geschickt einwickeln, damit nichts zerknittert wurde, und steckte das Ganze in meinen Einkaufsbeutel unter das Gemüse. In der Kawaramachistraße stieg ich in ein Taxi – halt, ich darf nicht vergessen aufzuschreiben, dass ich ihn vom Gemüseladen aus anrief.

»Nein, ich bin nirgends hingegangen. Ich war die ganze Zeit zu Hause«, lautete seine Antwort. Nach seinem Ton zu urteilen, schien er auf eine Aufforderung zu warten, doch ich unterhielt mich nur wenige Minuten mit ihm …

Kurz nach vier klingelte ich wieder an der Tür unseres Hauses. (Vielleicht war ich doch länger als eine Stunde weg gewesen.) Das Päckchen mit dem Papier versteckte ich im Flur hinter dem Schirmständer, das Gemüse übergab ich Baya … Der Kranke schien noch immer zu schlafen, doch er schnarchte nicht mehr …

… Was mir auf dem Herzen lag, waren die gestrigen Worte des Kranken: »Was macht dein Tagebuch?« Warum fragte mein Mann plötzlich danach, da er doch bisher den Ahnungslosen gespielt hatte? Hatte sein Denken sich verwirrt, und hatte er vergessen, dass er eigentlich nichts wissen durfte? Oder wollte er sagen: Ich sehe keinen Anlass mehr, den Unwissenden zu spielen. Als ich, verlegen um eine Antwort, nur erwiderte: »Ich habe noch nie ein Tagebuch besessen«, nickte er nur »ich weiß«, und dabei erschien wieder das seltsame Lächeln. Wollte er sagen: »Tu nur nicht so«?

Jedenfalls will er Gewissheit haben, ob ich auch nach seiner Erkrankung weitergeschrieben habe. Und falls ja, dann möchte er es um jeden Preis lesen. Ich kann nur annehmen, dass er nun, da er mein Tagebuch nicht mehr heimlich lesen kann, eine regelrechte Erlaubnis von mir erhalten möchte. Dann aber muss ich darauf vorbereitet sein, wenn er bei einer neuen Gelegenheit ganz offen mit einem solchen Anliegen kommen sollte. Mein Tagebuch vom Anfang dieses Jahres bis zum 16. April werde ich, wenn er es verlangt, jederzeit aus seinem Versteck holen und vor ihm ausbreiten. Aber niemals darf er erfahren, dass es auch ein Tagebuch für die Zeit nach dem 16. April gibt. Ich werde ihm sagen: »Da du meine Aufzeichnungen ohnehin die ganze Zeit heimlich gelesen hast, hat es wohl keinen Zweck mehr, sie noch zu verstecken. Es hat aber auch wenig Sinn, sie dir noch einmal zu zeigen. Bestehst du trotzdem darauf, kannst du die Blätter lesen, solange du willst. Du wirst sehen, dass meine Aufzeichnungen mit dem 16. April enden. Seit du krank bist, habe ich mit deiner Pflege so viel zu tun, dass von Tagebuch nicht mehr die Rede sein kann; auch habe ich nichts mehr zu schreiben.« Und ich werde ihm mein Tagebuch öffnen, das vom 17. an leer und unbeschrieben ist, damit er beruhigt ist. Das Reispapier habe ich nämlich gekauft, um den Band in zwei Teile zu zerlegen und neu einzubinden, den ersten Teil bis zum 16., den anderen für die Zeit danach …

Da ich während der Zeit meines üblichen Mittagsschlafes ausgegangen war, eilte ich, kaum nach Hause zurückgekehrt, sofort auf mein Zimmer. Dort hatte ich für ein bis zwei Stunden zu tun. Als ich um halb sechs hinunterging, nahm ich mein Tagebuch mit und legte es in das Schubfach im Esszimmer.

Toshiko verabschiedete sich wie üblich bald nach dem Abendessen. Um zehn Uhr ließ ich Schwester Koike nach oben gehen. Um elf Uhr hörte ich Schritte im Garten.

25. April

… Mitternacht. Ich geleite ihn hinaus und schließe den hinteren Eingang. Dann lausche ich im Krankenzimmer ungefähr eine Stunde lang auf das Schnarchen. Als ich mich überzeugt habe, dass er fest schläft, gehe ich ins Esszimmer hinüber und beginne mit dem Umbinden des Tagebuches.

Ich lasse den ersten Teil bis zum 16. April in der Schublade des Schrankes, und den vom 17. an nehme ich mit nach oben und verstecke ihn hinter dem Bücherregal. Für diese Arbeit brauche ich eine Stunde. Ich bin also um zwei Uhr wieder im Krankenzimmer. Er scheint die ganze Zeit ruhig weitergeschlafen zu haben.

Nachmittags ein Uhr Besuch von Dr. Kodama. Keine bemerkenswerten Veränderungen. In letzter Zeit steht der Blutdruck zwischen 180 und 190. Zweifelnd legt Dr. Kodama den Kopf auf die Seite und meint: »Wenn er doch nur ein wenig heruntergehen würde!« Am Tage scheint er noch immer keinen ausreichenden Schlaf zu finden …

Elf Uhr, im Garten höre ich Schritte …

28. April

Elf Uhr. Im Garten …

29. April

Elf Uhr. Im Garten …

30. April

Nachmittags ein Uhr Besuch von Dr. Kodama.

»Es wird wohl besser sein, gleich Anfang nächster Woche Professor Aiba zu konsultieren«, sagt er …

… Elf Uhr. Im Garten …

1. Mai

Der dritte Sonntag seit der Erkrankung … Toshiko erschien zur gleichen Zeit wie am vorigen Sonntag, nämlich nachmittags um zwei Uhr. Genau wie ich es erwartet hatte. Sie gab sich den Anschein, als lausche sie dem Atem ihres Vaters, und sagte dabei: »Möchtest du nicht einige Besorgungen machen und etwas spazieren gehen, um dich zu entspannen?«

Als ich zögerte, fuhr sie fort: »Mach dir keine Sorgen wegen Papa, er ist ja eben erst eingeschlafen … Geh nur ruhig, Mama. In Sekitamachi wird heute das Bad schon am Tage geheizt. Geh doch auf einen Sprung vorbei und nimm ein Bad.«

Da ich etwas dahinter vermutete, erwiderte ich: »Nur für eine Stunde«, nahm meinen Einkaufskorb und verließ um drei Uhr das Haus. Ich fuhr direkt nach Sekitamachi. Madame war nicht da, Kimura saß allein im abgelegenen Zimmer Toshikos. Sie hatte ihn angerufen, zu sich ins Haus beordert und gesagt: »Heute ist Madame nach Wakayama gefahren und kommt bis zum Abend nicht zurück. Ich muss auch weggehen und nach dem Kranken schauen. Würden Sie so freundlich sein, ein paar Stunden auf mein Zimmer zu kommen, um das Haus zu hüten. Am Abend bin ich wieder zurück.« So hatte sie über ihn verfügt, und er war gekommen. Das Bad war zwar nicht heiß, aber Kimura war da …

Fast einen halben Monat ist es her, dass wir uns ausführlicher unterhalten haben, doch ich kann mich auch jetzt nicht ruhig der Stimmung hingeben. Ich bin irgendwie gehetzt und unfähig, den Augenblick zu genießen. Ich lasse ihn allein zurück und bin schon um fünf Uhr wieder unterwegs. Da keine Zeit zu verlieren ist – ich bin besorgt, dass der Kranke aufwachen könnte –, kaufe ich schnell auf einem Markt in der Nähe ein und mache mich auf den Heimweg.

»Da bist du ja. Das ging aber schnell«, sagte Toshiko überrascht. Auf meine Frage: »Wie geht es Papa?«, erwiderte sie ganz ruhig: »Er hat wundervoll geschlafen. Schon über drei Stunden.« Tatsächlich schnarchte er fürchterlich. »Ich habe das gnädige Fräulein um Erlaubnis gebeten, ein Bad zu nehmen«, sagte Schwester Koike verlegen. Ihr Gesicht war noch erhitzt vom Bade und glänzte vor Sauberkeit.

»Aha, Schwester Koike ist im öffentlichen Badehaus gewesen«, dachte ich, und ein Stich ging mir durchs Herz.

Ich hatte das Gefühl, dass Toshiko mir eine Falle gestellt hatte. Es ist wahr, wir heizen unser Bad nur selten, seitdem mein Mann erkrankt ist. Ich, Schwester Koike und Baya, wir gehen alle ins öffentliche Badehaus, um uns zu erfrischen, und zwar abwechselnd jeden zweiten oder dritten Tag. Heute war Schwester Koike an der Reihe, und es war eigentlich nichts Auffälliges dabei, zumal wir auch meist diese Tageszeit wählten. Doch Toshiko könnte es mit einkalkuliert und mich weggeschickt haben, um mit dem Kranken allein zu sein. Ich Arglose! Ich hatte nicht daran gedacht, dass solch eine Situation entstehen könnte. Natürlich hätte ich es wissen müssen, zumindest hätte ich mit der Möglichkeit rechnen müssen. (Ich wusste doch, dass Schwester Koike gern und ausgiebig badet. Es dauert jedes Mal fünfzig bis sechzig Minuten.) Aber Toshikos Worte »In Sekitamachi ist das Bad heiß« raubten mir alle Besinnung, und mein Herz fing vor Erwartung an zu klopfen.

Ein dunkler Verdacht stieg in mir auf; ich ließ den Kranken mit den beiden allein und ging nach oben, »um meinen üblichen Mittagsschlaf zu halten«; ich holte mein Tagebuch aus dem Versteck hinter dem Bücherschrank hervor und untersuchte es vorsichtig. Es war unmöglich, Beweise zu finden. »Ich hätte es mit Cellophanstreifen verkleben sollen!« Aber so weit hatte meine Vorsicht nicht gereicht.

»Das sind alles nur die Schreckgespenster deines Argwohns«, dachte ich und suchte mich zu beruhigen. »Du machst dir zu viel Gedanken, du bist zu misstrauisch. Wie können die beiden wissen, dass du dein Tagebuch in zwei Hälften geteilt hast und die zweite Hälfte hinter dem

Bücherschrank versteckt hältst!« So redete ich mir zu und fühlte mich fürs Erste erleichtert.

Am Abend, nachdem Toshiko nach Sekitamachi zurückgekehrt war, wurde ich jedoch von Neuem unruhig. Ich ging in die Küche und fragte die alte Baya aus: »Ist heute Nachmittag, als ich nicht zu Hause war, jemand nach oben bis ins Arbeitszimmer gegangen?« Ich traute meinen Ohren nicht: »Ja, das gnädige Fräulein ging hinauf«, antwortete sie harmlos. Dann berichtete sie mir ungefähr Folgendes: Eine Viertelstunde, nachdem Toshiko mit mir gesprochen hatte und ich mich nach Sekitamachi auf den Weg machte, ging Schwester Koike ins Badehaus. Nicht lange danach stieg Toshiko die Treppen zum Studierzimmer hinauf, war aber schon nach wenigen Minuten wieder an der Seite des Kranken.

»Es war mir, als ob sie sich mit dem gnädigen Herrn unterhielt«, meinte Baya. Der Kranke müsste doch geschnarcht haben, sagte ich. »Ich hörte kein Schnarchen«, beteuerte die Alte. »Nachdem Fräulein Toshiko eine Weile mit dem gnädigen Herrn gesprochen hatte, ging sie noch einmal nach oben und kehrte gleich wieder zurück. Dann war auch Schwester Koike wieder da.«

Ich beharrte darauf, dass ich das Schnarchen des Kranken gehört hatte, als ich am Abend nach Hause zurückkehrte.

»Als Sie gegangen waren, hörte das Schnarchen auf und fing wieder an, kurz bevor Sie nach Hause kamen.«

Meine böse Ahnung hatte sich bestätigt, und langsam begriff ich, dass meine Verdächtigungen keine bloße Ausgeburt meiner Angst waren. Trotzdem blieb mir noch einiges unklar.

Ich versuche hier noch einmal, Toshikos heutiges Verhalten zu rekonstruieren: Nachmittags um drei Uhr schickt sie mich unter einem Vorwand aus dem Haus. Dann lässt sie Schwester Koike zum Bad gehen. Die nächsten Schritte sind mir noch nicht klar: ob der Kranke von selbst aufgewacht ist und mit Toshiko gesprochen hat oder ob Toshiko in irgendeiner Weise auf den Schlafenden eingewirkt hat. Sie erfährt von ihm, dass mein Tagebuch in dem Schrank liegt, der im Vorzimmer steht. Sie sucht danach und bringt es an sein Bett. Er aber sagt: »Dies Tagebuch geht mit dem 16. April zu Ende. Die Fortsetzung nach dem 17. muss irgendwo versteckt sein, und ebendie möchte ich lesen. Sei so gut und suche sie bitte.« Sie sucht im Bücherregal und findet den zweiten Teil. Sie trägt ihn hinunter und zeigt es ihm. Oder sie liest ihm daraus vor. Dann eilt sie nach oben und legt das Bündel an seinen Platz zurück. Schwester Koike kommt vom Bad. Der Kranke stellt sich wieder schlafend. Kurz nach fünf bin auch ich zurück.

So ungefähr stelle ich es mir vor. Aber dass dies alles während meiner zwei- bis dreistündigen Abwesenheit ohne Zwischenfall geschehen konnte, das kann ich mir kaum vorstellen. Dabei fällt mir ein, dass ich auch am vergangenen Sonntag, also am 24. April, auf Toshikos Zureden nachmittags ausgegangen bin. Toshiko wird diese Arbeit also schon am ersten Sonntag vorbereitet haben.

Er folgte auf jenen Samstag, an dem ich morgens mit dem Kranken allein war und er »Tage-buch … Tage-buch« gelallt und mir zu verstehen gegeben hatte, dass er meine Aufzeichnungen lesen möchte. Wer kann wissen, ob er nicht am 24. in meiner Abwesenheit von Toshiko und Schwester Koike dieselben Worte sprach? (Es ist sogar möglich, dass Schwester Koike auch damals ins Bad gegangen war. Baya behauptet allerdings, sie könne sich nicht mehr recht erinnern.) Der Kranke muss also Toshiko darum gebeten haben, als er merkte, dass ich nicht auf sein Flehen einging. Ich finde das alles sehr einleuchtend. Zwar kann ich mich nicht entsinnen, Toshiko je von meinem Tagebuch erzählt zu haben, aber vielleicht hat sie durch Kimura davon erfahren; es gab auch sonst genügend Gelegenheiten, davon Kenntnis zu bekommen. Und als der Kranke anfing zu plaudern, hat sie sofort begriffen.

»So? Mamas Tagebuch? Wo liegt es denn?«, fragt sie. »Schrank – Schrank«, sagt der Kranke und zeigt nach dem Esszimmer. Toshiko findet die Blätter und bringt sie ihm. Er sieht hinein und schüttelt den Kopf. »Das ist es nicht. Es muss noch ein anderes geben.« Er ist ganz sicher und zeigt mit dem Finger nach oben. »Dort, dort!« So haben sie das Versteck am vergangenen Sonntag ausfindig gemacht und die Aufzeichnungen dann an diesem Sonntag gelesen. So muss es gewesen sein.

Was mache ich aber dann in Zukunft mit meinen Aufzeichnungen? Ich möchte ungern aufgeben, was ich nun einmal angefangen habe, nur weil ich auf Schwierigkeiten gestoßen bin. Auf der anderen Seite möchte ich vermeiden, dass weiterhin in meinem Tagebuch spioniert wird.

Von heute an werde ich nicht mehr während der Zeit meines Mittagsschlafes schreiben. Ich werde warten, bis der Kranke und Schwester Koike eingeschlafen sind, und mein Tagebuch nachts fortsetzen und es an einem wirklich sicheren Ort verstecken.

Lange Zeit habe ich meine Aufzeichnungen vernachlässigt. Ich bin einfach nicht dazu gekommen. Mit dem ersten Tag des vergangenen Monats, also einen Tag vor dem zweiten Anfall, der den Kranken niederwarf, ging mein Tagebuch zu Ende. Die folgenden achtunddreißig Tage bis heute habe ich keine Eintragungen mehr gemacht. Das lag nicht nur daran, dass sein plötzlicher Tod mir alle möglichen familiären Angelegenheiten aufbürdete, ich verlor durch sein Hinscheiden auch das Interesse weiterzuschreiben. Es gab ja keinen Widersacher, keinen Gegenspieler mehr. Ich bin nach wie vor entmutigt. Vielleicht werde ich niemals wieder einen Schreibpinsel in die Hand nehmen und mir täglich diese Mühe machen. Ich glaube aber, dass es besser ist, mein Tagebuch, das ich vom Beginn dieses Jahres einhunderteinundzwanzig Tage lang sorgfältig und ohne Unterbrechung geführt habe, ordentlich abzuschließen und es nicht einfach abzubrechen. Schon die äußere Form verlangt das. Und es wird sicher nicht umsonst sein, einen Rückblick auf die Konflikte unseres Geschlechtslebens zu werfen. So will ich mir noch einmal die einzelnen Phasen in Erinnerung rufen.

Liest man sein hinterlassenes Tagebuch und vergleicht es sorgfältig mit dem meinen, so erkennt man besonders für die Zeit nach dem 1. Januar dieses Jahres deutliche Spuren der vergangenen Kämpfe. Da ich jedoch bisher aus Rücksicht auf den Verstorbenen manches verschwiegen habe, möchte ich zum Schluss einige wichtige Einzelheiten hinzufügen und mein altes Tagebuch damit vervollständigen.

Ich erwähnte schon, dass der Tod plötzlich kam. Ich möchte später darauf eingehen, warum die genaue Todesstunde nicht festzustellen war, doch muss er am 2. Mai gegen drei Uhr morgens gestorben sein. Wenigstens liegt diese Vermutung nahe. Schwester Koike schlief damals im zweiten Stock, Toshiko war nach Sekitamachi gegangen, und ich hielt allein Wache im Krankenzimmer. Als ich morgens gegen zwei Uhr das übliche regelmäßige Schnarchen hörte, schlich ich mich ins Esszimmer und fing an, die Ereignisse vom 30. April bis zum 1. Mai aufzuschreiben. Ich hatte ja bis vor zwei Tagen, also vom Beginn der Krankheit bis zum 29. April, regelmäßig die Zeit meines angeblichen Mittagsschlafes dazu benutzt. Als ich jedoch am Sonntag, dem 1. Mai, erfuhr, dass mein sorgsam gehütetes Tagebuch von ihm und Toshiko gelesen worden war, zog ich mich nicht zur gewohnten Stunde nach oben zurück, sondern nahm mir vor, von nun an die Nacht abzuwarten und vor allen Dingen das Versteck meines Tagebuches zu ändern. (Mir fiel aber nicht gleich ein geeigneter Platz ein. Ich ließ es daher an der alten Stelle und ging schweigend hinunter. Ich wartete an diesem Abend, bis Baya und Toshiko fort waren, holte die Blätter, kurz bevor Schwester Koike schlafen ging, steckte sie unter meinen Kimono und machte mich noch in der Küche zu schaffen. Als Schwester Koike Gute Nacht sagte, war ich endlich allein. Ich hatte immer noch kein geeignetes Versteck gefunden und geriet langsam in Verlegenheit. Zwar konnte ich noch die ganze Nacht darüber nachdenken, und schlimmstenfalls, überlegte ich, bliebe noch die Möglichkeit, die Holzverkleidung der Decke im Wandschrank abzulösen und das Buch da hineinzuschieben.)

Kurz nach zwei Uhr morgens, also schon am 2. Mai, ging ich in das Esszimmer, zog das Bündel hervor und fing an, die Ereignisse des 30. April einzutragen. Auf einmal fiel mir auf, dass das Schnarchen, das ich noch vor wenigen Minuten gehört hatte, ausblieb. Schlaf- und Esszimmer sind nur durch eine dünne Papierwand getrennt. Meine ganze Aufmerksamkeit war bis dahin auf das Schreiben gerichtet gewesen: Ich war gerade bei dem Abschnitt angelangt: »Von heute an werde ich nicht mehr während der Zeit meines Mittagsschlafes schreiben. Ich werde warten, bis der Kranke und Schwester Koike eingeschlafen sind, und mein Tagebuch nachts fortsetzen und es an einem wirklich sicheren Ort verstecken.«

Ich legte den Tuschpinsel beiseite, spannte alle meine Sinne an und lauschte auf die Geräusche im Nebenzimmer. Als kein Ton mehr zu hören war, legte ich das aufgeschlagene Tagebuch auf den Tisch, erhob mich langsam und ging hinüber.

Er lag auf dem Rücken, das Gesicht zur Decke gewandt, und schien ruhig zu schlafen. (Seit er krank war, hatte ich ihm die Brille abgenommen; er hatte auch nie mehr danach verlangt. Er schlief meistens in dieser Stellung, und ich war daher oft genug gezwungen, sein brillenloses Gesicht zu sehen.) »Schien zu schlafen«, so habe ich mich ausgedrückt, da ja das Licht der abgeblendeten Lampe nicht direkt auf ihn fiel und ich das im Schatten liegende Gesicht nicht gleich deutlich erkennen konnte. Ich setzte mich auf einen Stuhl, versuchte, mich zu beruhigen und Atem zu holen. Ich starrte durch die Dunkelheit auf sein Gesicht. Er wirkte ungewöhnlich still, fast zu still. Ich hob den Stoff von der Lampe und ließ das Licht rücksichtslos auf seine fahlen Züge fallen. Seine Augen waren halb geöffnet und unbeweglich auf einen Punkt an der Decke über dem Fußende des Bettes gerichtet. »Er ist tot –« fuhr es mir durch den Kopf, und ich stürzte zu ihm und berührte seine Hand. Sie war kalt. Die Uhr am Kopfende zeigte drei Uhr sieben. Ich kann daher nur sagen, dass es am 2. Mai zwischen zwei Uhr und drei Uhr sieben in der Nacht geschah. Man muss wohl annehmen, dass er im Schlaf, und ohne zu leiden, verschieden ist. Mit angehaltenem Atem blickte ich eine Weile in sein brillenloses Gesicht – wie ein Mensch, der voll Angst und Grauen in einen Abgrund schaut –, bis auf einmal ganz deutlich die Erinnerungen an die Nacht auf der Hochzeitsreise lebendig werden. – Schnell legte ich das Tuch wieder über den Lampenschirm.

Professor Aiba und Dr. Kodama erklärten am nächsten Tag, sie hätten nicht erwartet, dass der Kranke so schnell von einem zweiten Schlaganfall überrascht würde. Früher, vor etwa zehn Jahren, war der zweite Anfall in der Regel zwei, drei Jahre oder zumindest sieben bis acht Jahre nach der ersten Apoplexie zu erwarten, und dann bedeutete es meistens das Ende; in den letzten Jahren mit dem Fortschritt der ärztlichen Wissenschaft war auch das nicht mehr unvermeidlich. »Es gibt viele Leute, die einmal und nie wieder betroffen werden, und andere, die zweimal einen Anfall bekommen und dennoch wieder gesund werden; ja, einige packt es sogar drei- und viermal, und sie bleiben auch dann noch am Leben. Ihr Gatte ging sehr leichtsinnig mit seiner Gesundheit um, was man bei einem Gelehrten seiner Art nicht erwarten sollte; er schien sich um die Warnungen der Ärzte nicht viel zu kümmern. Daher musste ein Rückfall zwar befürchtet werden, aber dass er so schnell kommen würde, haben wir nicht gedacht. Wir nahmen an, dass er zwar langsam, aber doch sicher seine Gesundheit wiedererlangen würde und bestimmt noch einige Jahre, wenn es gutging, vielleicht noch zehn Jahre, seine Tätigkeit ausüben könnte. Nein, dass das Ende so schnell kommen würde, haben wir nicht erwartet.« So sagten der Professor und Dr. Kodama. Natürlich kann ich nicht ermessen, ob sie wirklich so dachten; allerdings kann ja auch der beste Arzt die Lebensdauer eines Menschen nicht voraussagen. Ehrlich gesagt, traf für mich das Erwartete zur erwarteten Zeit ein, und ich fühlte mich nicht sonderlich überrascht. Gewiss, oft genug irrt man sich mit solchen Vermutungen; aber auf meinen Mann und mich trafen sie genau zu. Und Toshiko ging es wohl nicht anders.

Ich möchte sein Tagebuch noch einmal durchlesen und es dann mit meinem vergleichen, um klar und eindeutig zu erfahren, was es mit den Beziehungen zwischen ihm und mir auf sich hatte, wie sie uns zusammenführten und schließlich in dieser ewigen Trennung endeten. Allerdings schrieb mein Mann schon seit Jahrzehnten Tagebücher, lange bevor wir heirateten, und vielleicht wäre es richtiger, diese alten Aufzeichnungen mit heranzuziehen, um unser Verhältnis bis in die Hintergründe zu erforschen. Doch ich bin weder würdig noch imstande, eine so große Aufgabe zu übernehmen. Ich weiß, dass in seinem Arbeitszimmer hoch oben im Bücherregal, das nur mit einer Leiter erreichbar ist, Berge von verstaubten Tagebüchern aufgestapelt liegen. Er hatte ja nichts zu tun, als zu schreiben. Aber ich habe nicht die Geduld, mich durch diesen Wust hindurchzulesen.

Der Verstorbene hat, wie er einmal äußerte, bis zum vorigen Jahr mit Absicht vermieden, über unsere nächtlichen Intimitäten zu schreiben. Erst Neujahr begann er, unumwunden darüber … oder besser, von nun an bestand der Zweck seines Schreibens überhaupt nur noch darin, diese Dinge an den Tag zu bringen, und zur selben Zeit fing ja auch ich an, mit ihm zu wetteifern und meine Geheimnisse dem Papier anzuvertrauen. Es genügt daher, wenn ich seine und meine Aussagen miteinander vergleiche und hier und da Fehlendes ergänze, um einigermaßen klar werden zu lassen, wie bei uns beiden einer den anderen liebte, wie wir uns hingaben, einander betrogen, uns Fallen stellten, bis der eine vom anderen zugrunde gerichtet war. Ich halte es nicht für nötig, dafür die alten Tagebücher durchzublättern.

Am Neujahrstag sagt er von mir: »Sie ist verschlossen und liebt das Geheime«, und er behauptet, ich sei eine Frau, die »sich oft den Anschein gibt, nicht zu wissen, obwohl sie weiß, und sie verrät nicht leicht, was in ihrem Herzen vorgeht«. – Nun, ich leugne nicht, dass es so ist. Im Großen und Ganzen war er ein Mensch, der zehnmal ehrlicher war als ich, und ich muss zugeben, dass seine Tagebücher viel weniger Lügen enthalten. Doch damit ist nicht gesagt, dass sie immer die reine Wahrheit bringen. Zum Beispiel schreibt er: »Ich bin sicher, dass meine Frau weiß, wo und in welchem Fach meines Arbeitszimmers dieses Tagebuch liegt«, und einige Zeilen weiter: »Ich glaube zwar kaum, dass sie heimlich in den Tagebüchern ihres Mannes schnüffelt, aber ganz sicher bin ich nicht.« »… von diesem neuen Jahr an habe ich mir vorgenommen, mich nicht mehr davor zu fürchten«, sagt er, und gleich darauf gesteht er: »Ich war sogar immer darauf gefasst, dass sie es läse, und im Stillen habe ich es beinahe gewünscht.«

Ich aber habe dies alles von Anfang an durchschaut. Am 4. Januar morgens lässt er seinen Schlüssel vor der Narzisse auf dem Bücherschrank liegen – ein unleugbarer Beweis, wie sehr er wünschte, dass ich seine Enthüllungen las. Doch möchte ich bekennen, dass diese Komödie überflüssig war, denn ich hatte sie schon lange vorher gelesen. Am 4. Januar schrieb ich meinerseits in mein Tagebuch: »Ich habe mir selbst meine Grenzen gezogen, und darüber hinaus will ich nicht in seine Psyche eindringen. Wie ich anderen Leuten nicht zeige, was in meinem Herzen vorgeht, so mag ich auch nicht in den Herzensfalten der anderen wühlen.« Wenn ich die Wahrheit sagen soll, so war das natürlich eine Lüge. »Ich liebe es nicht, anderen Leuten zu zeigen, was in meinem Herzen vorgeht« – das ist wohl wahr –, aber ich liebe es, »in die Herzensgeheimnisse anderer einzudringen«.

»Ich werde niemals das Tagebuch meines Mannes lesen.«

Schon einen Tag nach unserer Hochzeit gewöhnte ich mir an, meine Blicke gelegentlich in seine Tagebücher schweifen zu lassen. Ich wusste schon lange, dass er sie »im Schubfach seines kleinen Schreibtisches verschlossen hält; den Schlüssel aber zwischen allen möglichen Büchern versteckt, manchmal sogar unter dem Teppich«. Und wenn ich beteuerte, dass ich »das Tagebuch noch nie aufgemacht und noch nie hineingesehen habe«, so ist das natürlich nicht ganz ernst zu nehmen. Doch hatte er sich bis dahin zu wenig über unser eheliches Leben ausgelassen, als dass ich mich deshalb weiter in seine Schreibereien vertieft hätte. Es handelte sich fast nur um wissenschaftliche Probleme, die für mich zu trocken und uninteressant waren. Ich blätterte nur ab und zu darin und genoss diese Heimlichkeit ein wenig. Aber seitdem er sich vorgenommen hatte, sich nicht mehr zu fürchten, diese interessanteren Dinge niederzuschreiben, also von den Enthüllungen des 1. Januar an, wurde ich natürlich umso mehr davon angezogen. Am 2. Januar nachmittags, als er nicht zu Hause und nach meiner Vermutung spazieren gegangen war, hatte ich schon entdeckt, dass sich sein Stil änderte. Dass ich in seinem Tagebuch las, verheimlichte ich nicht nur, weil ich es liebe, »mir den Anschein zu geben, als wisse ich nichts«, sondern ich spürte, dass ich vor ihm so tun sollte, als sei ich ahnungslos und unschuldig, auch wenn ich heimlich meine Augen in seinem Tagebuch hatte.

Er redet mich mit »Meine Ikuko, mein geliebtes Weib« an und fährt dann fort: »Zunächst möchte ich nicht unterlassen zu sagen, dass ich sie von Herzen liebe … Es ist aber keine Phrase, mit der ich ihr schmeicheln will.« Ich glaube durchaus, dass er hier die Wahrheit sagt. Ich zweifle nicht an seiner Aufrichtigkeit. Nur möchte ich auch anerkannt sehen, dass ich ihn zu Anfang nicht minder heiß geliebt habe. »Jahre sind vergangen seit jener Nacht auf der Hochzeitsreise … Er … nahm seine Brille ab. Da lief es mir kalt über den Rücken« … dieser ganze Absatz enthält nichts als Tatsachen. »Aber heute weiß ich, dass ich einen Mann habe, der im Erotischen nicht zu mir passt« … und … »manchmal, wenn ich ihn ansehe, steigt, ich weiß nicht, warum, ein Widerwillen in mir auf, dass es mir übel wird« – das ist die lautere Wahrheit und gibt genau meine

Gefühle wieder, aber es bedeutet nicht, dass ich ihn nicht einst geliebt hätte.

»In eine der ältesten Familien Kyotos hineingeboren und in einer feudalen Atmosphäre erzogen« heiratete ich, »wie meine Eltern mir befahlen, ohne mir selbst tiefere Gedanken darüber zu machen«, und ich wurde gezwungen zu denken, »dass eine Ehe eben so sei«.

Es blieb mir nichts anderes übrig als ihn zu lieben, ob er mir gefiel oder nicht. Jedes Mal, wenn mir übel wurde, fühlte ich mich ihm und meinen verstorbenen Eltern gegenüber unverzeihlich schuldig. Ich fand mich selbst gemein und schändlich, da ich solche Gefühle in mir aufkommen ließ, und je mehr diese Gefühle überhandnahmen, desto heftiger wehrte ich mich dagegen; ich bemühte mich, ihn zu lieben, und es gelang mir ja auch. Da der Himmel nun einmal wollte, dass ich überaus sinnlich und ausschweifend veranlagt bin, blieb mir nichts anderes übrig, als so zu leben. Wenn ich sagen soll, warum ich damals mit meinem Mann unzufrieden war, so gab es nur diesen Punkt: dass er meine Anspielungen nicht genügend beachtete und mein Begehren nicht befriedigte. Doch war meine Scham zu stark, als dass ich ihn wegen seines Unvermögens getadelt hätte. Wie sehr ich auch das Schwinden seiner Kräfte beklagte, ich bin doch niemals seiner überdrüssig geworden, sondern strengte mich nur noch mehr an, ihn zu lieben. Er jedoch – ich weiß nicht, was er sich dabei dachte – schenkte mir seit Neujahr ganz neue Augen. Gott weiß, was ihn in Wahrheit zu dem Entschluss bewog, »alle Dinge, auch solche, die ich noch nie meinen Tagebüchern anvertraut habe, aufzuzeichnen«. Er sagte: »Ich schreibe dies nieder, weil ich es nicht mehr ertrage, nicht direkt mit ihr über die Intimitäten unseres Schlafzimmers sprechen zu können«, und er hegt einen Widerwillen gegen meine »Geheimnistuerei«, meine »Sittsamkeit« und »Tugendhaftigkeit« und gegen diesen »Hang zur Vornehmheit« und, um diesen Torheiten ein für alle Mal ein Ende zu bereiten, sei in ihm der Wunsch wach geworden, »solche Sachen aufzuschreiben«. Aber war dies wirklich der einzige, der letzte Grund? Gewiss, so wenigstens bin ich überzeugt, gab es andere, tiefere Gründe, doch merkwürdigerweise lässt sich nichts Eindeutiges aus seinen Aufzeichnungen herauslesen. Vermutlich ist er sich selbst nicht ganz im Klaren gewesen, welche Absichten in ihm lauerten und was ihn bewog, ein so heikles Tagebuch zu führen. Wie dem auch sei, ich wurde zum ersten Mal belehrt, »dass ich einen selten zarten Orgasmus besitze, der sogar unter Frauen nicht oft zu finden ist«. »Hätte man sie in alter Zeit in ein Freudenviertel wie Shimabara verkauft, sie wäre sicher eine berühmte Kurtisane geworden, von den Männern umworben, von den Frauen beneidet.« Die Erfahrensten, meint er, hätte ich mit meinen Reizen bezaubert, und die Routiniertesten hätten nur nach mir verlangt.

All dies erfuhr ich zum ersten Mal. Aber warum sagte er es, obwohl er doch wusste, wie gefährlich diese Aussagen waren?

»Vielleicht ist es besser, wenn sie dies nicht erfährt. Es könnte nur negative Folgen für mich haben.« »Der bloße Gedanke an ihre Vorzüge« macht ihn »eifersüchtig«, und wenn ein »anderer Mann als ich ihre Vorzüge genösse, … was geschähe?«, denkt er beunruhigt, doch er versucht nicht etwa, seine Angst zu verbergen, sondern schreibt ganz offen darüber. Ich lege sein Verhalten so aus: Da er doch wünschte, dass ich seine Aufzeichnungen heimlich lese, beabsichtigte er, mich durch meine eigene Verderbtheit zu reizen, und sein Wissen davon sollte wiederum die Eifersucht in ihm anstacheln. Diese Annahme stimmt mit dem überein, was er selbst am 13. Januar schrieb: »… muss ich allerdings zugeben, dass ich diese Eifersucht im Stillen genieße« und »ich spüre meine Leidenschaft am stärksten, wenn ich eifersüchtig bin« – »denn meine Eifersucht ist in einem bestimmten Sinn durchaus nützlich, sie verhilft mir endlich zu einer lang ersehnten Lust«.

Ja, ja, ich aber ahnte schon etwas bei seinen Eintragungen am 1. Januar …

10. Juni

… Am 8. Januar schrieb ich: »Halb hasse ich ihn, und halb liebe ich ihn innig. Wir passen nicht zueinander, und doch kann ich keinen anderen Mann lieben. Ich lebe noch immer in den alten Vorstellungen von Ehrsamkeit, und meine Natur wehrt sich, dagegen zu sündigen. Seine zudringlichen Liebkosungen bringen mich in Verlegenheit. Aber wenn ich das auch einmal sagen muss, so sehe ich doch auch sehr klar, dass er mich mit einer verzehrenden Leidenschaft liebt, und mein Gefühl sagt mir, dass ich es ihm mit Gleichem vergelten müsste.«

Wie konnte ich dahin kommen, auch nur einen Augenblick schlecht von meinem Mann zu denken und zu schreiben, ich, die ich von meinen verstorbenen Eltern nach streng konfuzianischem Vorbild erzogen wurde? Es lag wohl daran, dass ich über zwanzig Jahre an die alte Moralanschauung gefesselt war und meine Unzufriedenheit mit Gewalt unterdrücken musste. Vor allem aber hatte ich angefangen zu begreifen, dass das einzige Mittel, ihn glücklich zu machen, darin bestand, ihn eifersüchtig zu machen; und einem Mann zu dienen und ihm Glück zu schenken, das war auch nach konfuzianischer Lehre die Aufgabe einer »sittsamen Frau«.

Habe ich bis dahin nur davon geredet, dass ich ihn »hasse« und dass wir »nicht zueinanderpassen«, so bin ich doch gleich darauf kleinlaut genug, einzugestehen, dass ich keinen anderen Mann lieben kann und mich nicht gegen meine Natur versündigen mag. Vielleicht habe ich schon damals unbewusst angefangen, Kimura zu lieben. Und habe ich aus Furcht davor, und um meinem Manne treu zu bleiben, mich selbst betrogen, indem ich mir einredete, seine Eifersucht zu schüren? Habe ich ihn gewarnt oder gereizt, oder war ich schon untreu?

Seitdem ich am 13. die folgenden Stellen las: »… ist es mir nämlich dank meiner Eifersucht auf Kimura zum ersten Mal gelungen, meine Frau zu beglücken … Wird sie aber einsehen, dass es auch um ihr Glück geht, wenn sie sich bemüht, mich in dieser Weise zu reizen … Ich wünschte, ich könnte bis zum Irrsinn eifersüchtig werden … Meine Frau darf sehr weit gehen. Je gewagter, desto besser … Sie könnte sogar so weit gehen, dass ich sie verdächtigen würde, sie habe die Grenze schon überschritten …«, seitdem steuerten meine Gedanken jäh auf Kimura zu.

»Zwar glaubt meine Frau, dass sie die beiden jungen Leute überwacht, aber in Wirklichkeit liebt sie Kimura« – so schrieb mein Mann wörtlich am 7. Januar, und ich fand seine Ausdrucksweise damals »hässlich und gemein«. Ich wehrte mich dagegen und dachte: Wenn er auch noch so eifersüchtig ist, ich werde mich nicht so weit verirren! Doch als mir dann gesagt wurde, »je gewagter, desto besser«, da schlug ich plötzlich um.

Aber wurde mein Mann schon eifersüchtig, als er beobachtete, wie ich mich für Kimura zu interessieren begann, ohne dass es mir bewusst wurde? Oder entstand durch seine Eifersucht erst aus nichts ein Etwas? Ich weiß es nicht. Doch auch, als mir schon klar war, dass meine »Neu-begierde« sich Kimura zuneigte, machte ich mir noch für eine Weile vor, dass ich mich gegen meinen Willen und nur zum Glück meines Mannes dazu »herbeiließe«. Ja, ich gebrauche das Wort »Neu-begierde«, denn damals redete ich mir ein, ich müsste mich für das Glück meines Mannes auch ein wenig um andere, »neue« Männer kümmern. Wenn ich über meinen Gemütszustand vom 28. Januar, als ich zum ersten Mal bewusstlos wurde, etwas aussagen soll, dann war es wohl so, dass ich an jenem Abend zu zweifeln begann, ob Kimura mir wirklich nur um meines Mannes willen etwas bedeutete. Ich versuchte, meine innere Qual zu vertuschen, indem ich ohnmächtig wurde. Vom 29. auf den 30. Januar schlief ich ununterbrochen. »Wenn ich ihren Charakter bedenke, bin ich zwar nicht sicher, ob sie wirklich schlief oder sich nur den Anschein gab.« So seine Eintragung über diese beiden Tage. Welch ein Misstrauen! Ich gab mir durchaus nicht den Anschein, wenn ich auch nicht sagen kann, dass ich vollkommen bewusstlos war. Mein damaliger halbwacher Zustand entsprach im Großen und Ganzen dem, was ich in meinem Tagebuch geschrieben habe. Aber ich muss noch einiges hinzufügen.

»Damals kamen aus ihrem Munde die Worte ›Kimura, du!‹, als fantasiere sie …«, so etwa heißt es bei ihm. Müsste ich sagen, ob ich wirklich fantasierte oder nur so tat, ich käme in Verlegenheit. Ich muss in einer Zwischenwelt gelebt haben. Ich träumte, »in Kimuras Armen zu liegen«, und spürte mit dunklem, umschattetem Bewusstsein, dass mir gleich darauf das Wort »Kimura« entschlüpfte. »Was für schändliche Sachen ich plappere«, dachte ich, während ich noch das Wort flüsterte. Es war mir einerseits furchtbar peinlich, dass er den Namen gehört hatte, aber ich verberge nicht, dass ich auch Genugtuung empfand, als ich mich den Namen vor ihm aussprechen hörte.

Die Ereignisse der Nacht vom 30. auf den 31. spielten sich jedoch anders ab, als er sie beschreibt: »Auch heute Nacht hörte ich sie leise das Wort ›Kimura‹ flüstern. Hatte sie denselben Traum, dieselbe Vision unter denselben Umständen?« Nein, natürlich nicht. Es war ganz offensichtlich, dass ich diesmal etwas beabsichtigte. In dieser zweiten Nacht stellte ich mich nur schlafend und spielte die Fantasierende. Dennoch wäre es unwahr zu behaupten, dass ich dabei einem Plan folgte. Ich werde ziemlich schlaftrunken gewesen sein, ja, ich wusste, dass ich schlaftrunken war, und versuchte, auf diese Weise mein Gewissen zu betäuben. »Oder musste ich daraus schließen, dass sie mich zum Besten hielt?«, fragte er sich, und ich glaube, er kommt der Wirklichkeit am nächsten, wenn er es so auffasst. In seiner zutreffenden Beschreibung meiner Gefühle: »Ach, ich wünschte, es wäre so mit Kimura« und in meinem eigenen Gedanken: »Ach, wenn er mich mit Kimura zusammenbrächte«!, drückten sich ja unleugbar Wünsche aus, und um ihm dies verständlich zu machen, hatte ich diesen Namen fallen lassen. Am 14. Februar teilte Kimura meinem Mann mit, dass es einen besonderen Fotoapparat für gewisse Liebhaber gebe, die so genannte Polaroid. »Ein Rätsel ist mir allerdings, wie Kimura vermuten konnte, dass ich mich freuen würde, wenn er mir von diesem Apparat erzählt«, schreibt mein Mann; auch mir kam das seltsam vor, und ich rätselte lange daran. Ich ahnte nicht, welche Lust es ihm bereitete, Aktfotos von mir aufzunehmen. Und hätte ich es auch gewusst, wie hätte ich es Kimura je wissen lassen können? Damals betrank ich mich fast jeden Abend bis zur Besinnungslosigkeit, um in Kimuras Armen fortgetragen zu werden, aber wir hatten kaum ein intimes Gespräch miteinander, vor allem nicht über das heimliche Spiel zwischen uns Eheleuten. Ich darf die Wahrheit sagen. Unser Verhältnis beschränkte sich darauf, dass ich mich betrank und mich von ihm wegtragen ließ. Was hätten wir uns schon hinter dem Rücken meines Mannes erzählen können? Mein Verdacht fällt daher auf Toshiko. Wenn jemand Kimura eine Andeutung gemacht hat, so kann nur sie es gewesen sein. Am 9. Februar erklärte sie, dass sie sich von uns trennen und nach Sekitamachi ziehen wollte. Als Grund gab sie an, dass sie in einer stillen Umgebung für ihr Studium arbeiten wolle. Es ist leicht zu erraten, was sie mit der »stillen Umgebung« meinte. Sie hatte es satt mit uns beiden und konnte es nicht mehr aushalten, wenn das Schlafzimmer ihrer Eltern immer wieder mitten in der Nacht hell erleuchtet war. Wahrscheinlich hat sie die peinliche Szene im Schlafzimmer Nacht für Nacht beobachtet. Das war leicht, weil der Ofen meist überheizt war und so laut prasselte, dass ihre Schritte nicht zu hören waren.

Ich glaube daher, dass sie über die Perversionen ihres Vaters genau unterrichtet war, dass sie wusste, welch eine Freude er darin fand, mich zu entkleiden und in die verschiedenartigsten Stellungen zu bringen. Es ist auch gut möglich, dass sie es Kimura erzählt hat. Erst später zeigte sich, wie richtig diese Vermutungen waren; aber schon, als ich am 14. sein Tagebuch las, stellte ich mir etwas Ähnliches vor. Kurz, Toshiko wusste eher als ich, dass man mich entkleidet und sein Spiel mit mir getrieben hatte, und von ihr muss Kimura es erfahren haben. Wozu aber hat Kimura meinem Mann von diesem Apparat berichtet und die Möglichkeit angedeutet, Aktfotos von mir aufzunehmen? Ich habe vergessen, Kimura zu fragen; aber ich nehme an, dass er mit diesem Einfall die Gunst meines Mannes gewinnen wollte; vor allem hoffte er, eines Tages selbst in den Besitz dieser Aktfotos zu kommen. Sicher hat Kimura vorausgesehen, dass mein Mann sich mit der Polaroid nicht zufriedengeben und seine Zeiss-Ikon nehmen würde und dass er dann diese Filme zu entwickeln hätte. Vielleicht hat er diesen Plan nicht bis ins Letzte durchdacht, doch dass es so kommen konnte, spürte er.

Am 19. Februar schrieb ich: »Ich verstehe Toshiko nicht mehr.« Stimmt das? Eigentlich wusste ich hinreichend Bescheid. Wie ich schon angedeutet habe, vermutete ich damals, dass sie mit Kimura über die ehelichen Szenen in unserem Schlafzimmer gesprochen hatte. Toshiko liebte Kimura heimlich, und deshalb nährte sie feindliche Gedanken gegen mich. Sie glaubte, »dass die Mutter, zart von Geburt, einem häufigen Geschlechtsverkehr nicht gewachsen sei und der Vater sie dazu zwinge«; deshalb sorgte sie sich um meine Gesundheit und hasste ihren Vater; aber da der Vater mich und Kimura aus einer merkwürdigen Laune einander näherzubringen versuchte und wir beide uns nicht den Anschein gaben, dies abzulehnen, hasste sie mit dem Vater auch mich. Ich hatte das schon früh bemerkt. Aber Toshiko, die noch hinterhältiger ist als ich, wusste, dass sie, »obwohl zwanzig Jahre jünger, mit ihrem Aussehen und mit ihren Reizen hinter der Mutter zurückbleibt«, und da sie erkannt hatte, dass Kimuras Liebe sich mehr der Mutter zuneigte, wollte sie zuerst die Mutter verkuppeln und dann in Ruhe ihre Intrigen spinnen. All das las ich in ihrem Benehmen. Doch was sie mit Kimura vereinbart hatte, um uns zu verkuppeln, weiß ich heute noch nicht. So zog sie nicht nur nach Sekitamachi, weil sie die Leuchtröhren nicht mehr ausstehen konnte, sondern sicher auch, weil sie von Anfang an bedachte, dass Kimuras Pension in der Nähe lag. Kimura behauptet jedenfalls, dass Toshiko alles selbst vorbereitete und er sich nur an den »gedeckten Tisch gesetzt und die Stäbchen in die Hand genommen hätte«. Aber was ist eigentlich die Wahrheit? In diesem Punkt glaube ich auch Kimura nicht.

Ebenso wie Toshiko auf mich eifersüchtig war, rannte auch ich vor Eifersucht gegen Toshiko. Doch ich gab mir Mühe, es nicht merken zu lassen, und schwieg auch in meinem Tagebuch darüber. Das lag nicht so sehr an meiner Hinterhältigkeit. Vielmehr glaubte ich, meinem Selbstbewusstsein schuldig zu sein, vor meiner Tochter überlegen zu erscheinen. Es hätte meinen Stolz zu sehr gekränkt, und das duldete ich nicht. Noch aus einem anderen Grund war ich auf Toshiko eifersüchtig: Es bestand der Verdacht, dass Kimura gleichzeitig auch Toshiko lieben und dass mein Mann dies erfahren könnte, und davor fürchtete ich mich mehr als vor allem anderen. Obwohl mein Mann behauptet: »Wenn ich Kimura wäre und die Wahl hätte, so würde ich mich für die Mutter entscheiden, obwohl sie die Ältere ist«, fährt er gleich danach fort: »Aber bei Kimura weiß ich es nicht … Ich durchschaue ihn noch nicht ganz.« Es gab auch Augenblicke, da er daran zweifelte: »Er will zuerst die Aufmerksamkeit der Mutter auf sich lenken, um dann durch die Mutter an die Tochter zu gelangen.« Abscheuliches Unbehagen packte mich bei dem Gedanken, dass ihm dieser Verdacht kommen konnte. Ich wollte, dass mein Mann in dem Glauben lebe, Kimura liebe einzig und allein mich und scheue für mich auch die größten Opfer nicht. Denn nur so konnte die Eifersucht meines Mannes gegen Kimura aufrecht und seine Kräfte frisch erhalten werden.

11. Juni

»Meine Vermutung bestätigt sich: Meine Frau schreibt ein Tagebuch«, lese ich am 27. Februar, und obwohl er einige Zeilen weiter ernsthaft vorgibt, »schon vor einigen Tagen hatte ich einen vagen Verdacht«, muss er schon längere Zeit genau Bescheid gewusst und sogar den Inhalt gekannt haben. Auch ich behauptete in jenen Tagen: »… doch werde ich niemals so ungeschickt sein und meinen Mann wissen lassen, dass ich mir ein Tagebuch zugelegt habe«, »… ein Mensch, der sich niemandem anvertraut, soll wenigstens mit sich selber sprechen« – das ist natürlich eine faustdicke Lüge. Ich wünschte ja inständig, er möchte meine Enthüllungen hinter meinem Rücken lesen. Es ist schon richtig, dass ich mit mir selbst sprechen wollte, aber der eigentliche Sinn meines Tagebuches war, dass mein Mann es lesen sollte. Warum ich dann das feine japanische Reispapier, das kein Geräusch verursacht, benutzte und das Buch mit Cellophanstreifen verklebte? Darauf kann ich nur antworten, dass es zu meinen erklärten Liebhabereien gehört, mich mit solchen Heimlichkeiten zu umgeben. Auch ihm gegenüber verhielt ich mich so, obwohl er diese Heimlichtuerei belächelte. Wir wussten beide, dass wir uns gegenseitig hinter die Kulissen schauten, aber wir schaufelten Dämme und bauten Hindernisse auf, machten es so umständlich wie möglich und ließen es offen, ob der Partner nun doch an sein Ziel gelangt war oder nicht. So gefiel es uns jedenfalls. Aber es war nicht nur Laune und Geschmack, wenn ich die umständliche Mühe und Arbeit mit den Cellophanstreifen und Verstecken auf mich nahm, sondern ich kam ihm damit auch entgegen.

Am 10. April berichtete ich zum ersten Mal über seine schlechte Gesundheit: »Ob er wohl in seinem Tagebuch etwas über den besorgniserregenden Zustand seines Körpers vermerkt hat? … Ich, die ich sein Tagebuch nie gelesen habe, kann mir keine Vorstellung davon machen, doch bemerke ich seit einigen Monaten deutliche Veränderungen in seinem Wesen.« Er gesteht dies zum ersten Mal am 10. März ein. Wenn ich also auch erst einen Monat später davon sprach, ich wusste es doch schon viel eher, vielleicht sogar vor ihm. Ich tat aber am Anfang so, als fiele mir nichts auf, nicht nur, um ihn nicht unnötig nervös zu machen, sondern noch mehr, weil ich befürchtete, er könne infolge dieser Nervosität enthaltsamer werden. Wenn ich mir auch Sorgen um ihn machte, so beherrschte mich doch der Drang, meinen unersättlich nach Lust verlangenden Leib zu befriedigen. So versuchte ich, ihn die Furcht vor dem Tode vergessen zu lassen und mit »Kimura als Reizmittel« seine Eifersucht immer aufs Neue zu schüren …

Seit April änderten sich meine Gefühle jedoch langsam. Den ganzen März über versicherte ich, dass ich noch nicht »die letzte Grenze« überschritten hätte, und versuchte, meinen Mann an meine eheliche Treue glauben zu machen. Offen gesagt, fiel die letzte »papierdünne« Schranke zwischen Kimura und mir am 25. März. Am nächsten Tag, also am 26., erfand ich dann den unglaubhaften Dialog zwischen mir und Kimura, um meinen Mann zu täuschen. Anfang April, ich glaube, es war am 4. oder 5., reifte in meinem Herzen ein ernster Entschluss. Ich, die ich unter seiner Führung mit jedem Schritt tiefer in den Morast der Verderbtheit sank, hatte mir bis dahin selbst eingeredet, ich hätte endlich nur seinem Willen nachgegeben und so, wenn auch unter heftigen Gewissensbissen, jenen Ehebruch begangen – ja, ich hätte dabei gerade vom Standpunkt der alten Moral die mustergültige Tat einer tugendhaften Frau vollbracht. Doch von jenen Apriltagen an warf ich die Maske der Verstellung endgültig ab. Ich gestand mir offen ein, dass meine Liebe nicht ihm galt, sondern Kimura. Am 10. April schrieb ich wohlberechnet, nicht nur die Gesundheit meines Mannes sei gefährdet, sondern auch mein Körper sei ernsthaft geschwächt. In Wahrheit fehlte mir nichts. Zwar ist es wahr, dass ich einige Male einen Blutsturz bekam, als Toshiko ungefähr zehn Jahre alt war, und dass meine Lungentuberkulose sich im zweiten Stadium befand, wie die Ärzte sich ausdrückten. Doch obwohl ich die Ratschläge der Ärzte ignorierte und die unvorsichtigsten Sachen machte, hatte ich Glück. »Die Sorgen waren jedoch ganz unnötig, und ich gesundete von selbst.« Seitdem hatte ich keinen Anfall mehr. Trotzdem schrieb ich eines Tages im Februar, dass ich blasenuntermischte purpurrote Blutfädchen in meinem Speichel fände … dass mich fast jeden Nachmittag die Müdigkeit überfiele … dass es mir manchmal lau in die Brust stiege … dass es vielleicht immer schlimmer würde und keine Rettung mehr für mich bestände … Welch ein Netz von Lügen! Nichts davon stimmte. Ich schrieb es nur, um ihn so schnell wie möglich an den Abgrund des Todes zu führen und ihn hinabzustoßen.

»Auch ich spiele mit dem Tod. Du musst bereit sein, mit dem gleichen Einsatz zu spielen« – das war der Sinn meiner tückischen Einflüsterungen. Alles, was in meinem Tagebuch steht, schrieb ich nur, um diesen Zweck zu erreichen. Ich schrieb nicht nur; ich war sogar bereit, so etwas wie einen Blutsturz zu inszenieren. Ich reizte ihn, ohne ihm eine Pause zu gönnen, wandte alle erdenklichen Mittel an, um seinen Blutdruck immer höher zu treiben. (Auch nach dem ersten Anfall ließ ich nicht locker und machte ihn mit List und Tücke eifersüchtig.) Dass der Zeitpunkt seines körperlichen Zusammenbruchs nicht mehr fern sei, prophezeite Kimura schon vor einer Weile. Ich und wahrscheinlich auch Toshiko vertrauten Kimuras

Intuition mehr als dem Urteil des Arztes, denn er besaß einen sehr feinen sechsten Sinn für so etwas.

Ich habe nie geleugnet, dass ausschweifendes Blut in meinen Adern rinnt, aber wie komme ich zu einem Herzen, das auf den Tod des eigenen Mannes sinnt? Wie konnten sich solche Gedanken in mich hineinfressen? Wird auch die aufrichtigste Seele zuletzt verderbt, wenn ein so verbogener und hässlicher Charakter wie der meines Mannes unerbittlich und stetig auf sie einwirkt? Oder steht es so mit mir, dass ich nur durch Umgebung und Erziehung wie eine gesittete und aristokratische Frau wirke, dass aber im Grunde meiner Seele das Grauen herrscht? Darüber werde ich noch viel nachdenken müssen. Immerhin bin ich meinem Manne auch eine treue und redliche Frau gewesen, und ich glaube, sagen zu können, dass er ein glückliches Leben nach seinen Wünschen gelebt hat.

Toshiko und auch Kimura hingegen durchschaue ich noch nicht recht. Jenes Hotel in Osaka, in dem ich mich mit Kimura traf, hatte er von Toshiko erfahren.

»Wissen Sie keinen Ort, an dem man …«, und sie hatte sich sogleich bei einem Freund, einem sogenannten »Après Guerre«, erkundigt. Steckte noch etwas anderes dahinter? Hatte Toshiko dies Hotel nicht selbst benutzt, und benutzte sie es nicht jetzt noch?

Nach Kimuras Plan werden er und Toshiko zu schicklicher Zeit der Form halber heiraten, um vor der Gesellschaft das Gesicht zu wahren. Zu dritt werden wir in diesem Hause wohnen. Toshiko wird sich in ihr Schicksal ergeben und sich der Mutter opfern.

So wenigstens sieht es aus …

YUKIO MISHIMA
Der Goldene Pavillon

»Ein fesselndes Dokument der Auseinandersetzung zwischen Ost und West.«
Die Zeit

Unfähig, sich seiner Umwelt verständlich zu machen, wird der stotternde Mizoguchi von den anderen Kindern ausgegrenzt. Je elender er sich fühlt, desto stärker wächst seine Sehnsucht nach dem Wahren und Schönen. Die Pracht des Goldenen Pavillons, von dem ihm sein Vater seit seiner Kindheit erzählt, wird für ihn immer mehr zur qualvollen Obsession: Sie allein scheint vollkommen und gleichzeitig unerreichbar. Das Bild des Pavillons lässt ihn nicht mehr los und verfolgt ihn bis in seine Begegnungen mit Frauen. Verzweifelt sieht er nur noch einen Ausweg: das zu zerstören, was er am meisten verehrt.

Roman
broschiert, 336 Seiten
Aus dem Japanischen von Ursula Gräfe
978-3-0369-6157-6
Auch als eBook erhältlich